KB003237

문학과의식 시 동인집

꽃이 피다

일러두기

시인의 순서는 가나다 순에 의한 배열입니다.

차 례

축 간 사

먼저 계간《문학과의식》등단 시인들의 첫 동인지 출간을 진심으로 축하드립니다. 저는 그동안 계간《문학과의식》신인상 심사위원의 한 사람으로 참여하면서 좋은 시, 좋은 시인 선정에 남다른 고심을 해왔습니다. 여러 잡지에《문학과의식》출신 시인의 작품이 눈에 띄면 제일 먼저 읽는 버릇도 아마 '내가 추천한 시인이 아닐까' '작품의 질이 떨어지면 어쩌지' 하는 두려움 때문일 터입니다. 그만큼 심사위원은 등단한 시인에 대한 애착과 염원을 함께 품고 삽니다.

이번 첫 동인지 작품을 꼼꼼히 먼저 잘 읽었습니다. 1992년에 등단한 박세희, 용혜원 시인에서부터 2012년에 등단한 정선희, 이상은 시인에 이르기까지 열아홉 분의 시 95편이 저마다의 독특한 시세계를 보여주고 있었습니다. 언어를 다루는 능력과 시정신의 치열성을 온몸으로 받으며 저도 많이 배웠습니다. 따라서 이 동인지가 세상에 나오면 한국 문단은 깜짝 놀랄 것 같습니다.

한국 문단에는 수많은 문예지들이 있습니다. 신춘문예까지 포함해서 수많은 시인들이 존재하고 있습니다. 그 많은 시인 중에는 등단만 하고 작품을 볼 수 없는 시인도 많고, 온몸으로 치열하게 써서 등단 시기와 관계없이 인정받는 시인도 많습니다. 시인이 시를 쓴다는 것은 로망 롤랑의 말대로 타동사他動詞가 아니라 자동사自動詞입니다. 그만큼 시인이라는 이름은 자신을 책임져야 합니다. 동인 여러분들이 계간 《문학과의식》 출신임을 자랑스럽게 생각하면서 이번 기회에 더욱 결속하고, 더욱 열심히 써주실 것을 부탁드립니다. 여러분의 혼이 담긴 첫 동인지 출간을 거듭 축하드리면서 앞으로 더욱 빛나는 시업을 이루시길 기도합니다.

허형만 시인 · 목포대 명예교수

곰국을 끓이다

밤새 찜통을 빠져나온 꿈의 잔해가
하얀 뼈마디를 드러낸다
초식의 안쪽에서 솎아낸
늑골사이로 흔들리는 억새꽃

나는 이제 먼 들판을 노래하지 않는다
식구들의 일용할 양식을 그릇에 담자
모락모락 피어나는 김
뜨거움이 차가움과 엉기는 실루엣
누구이던가, 이 밤 엷은 막 뒤에서
나를 지켜보는 텅 빈 눈동자

하얀 김은 커다란 흰자위가 되어 나를 삼키고
나는 그의 눈 속을 떠다니는 미립자
가늠할 수 없는 안개 속
지나간 날들이 꾸역꾸역 소화된다
바깥은 내가 모르는 시간 속에서

때론 비정하게 성장의 문턱을 가로막고
의문 속으로 사라져간다

다 끓고 사그라지던 소용돌이가
내 안의 강물 속으로 슬며시 꼬리를 치켜드는 동안
끓일수록 졸아드는 국물
마지막 남은 한 사발을 식탁에 올리는 순간
지독한 초식의 생을 통과하는
현실의 내가 손을 내민다

김선주 시인 · 문학평론가

태초에 사랑이 있었다

금세 어디론가 사라져간다고 해도 저만큼
아주 오래전부터 알고 있는 듯한 눈동자

분명 처음이었는데도 늘 가까이서
지켜봤을 것 같은 예감에 휩싸여갔다

여전히 알 수 없는 진화와 창조의 세월 너머
언제 어디선가 해독되기를 기다리며 쏟아지는,

단 한 차례의 확률 같은 빗방울 하나가
홀연 무방비한 품속으로 뛰어 들어왔다

아무도 맞설 수 없는, 제 운명을 떠밀고 가는 힘

태초에 사랑이 있었다.

임동확 시인 · 한신대 겸임교수

태 풍

한 소년이 술병을 들고 달려가다가
술을 한 방울 흘렸다.
한 방울의 술에
고요를 벗어버린 대지는
키득거리다가
몸을 흔들다가
횡설수설
소년의 술병을 탐낸다.
소년은 움켜쥔 술병을 품속으로 끌어안으며
"안돼요. 우리 아버지의 친구인 철학자를 내줄 수 없어요."
대지는 소년의 어리석음을 탓하며
망각의 목소리로
"나는 네 아버지를 기다리는
죽음의 집
한 방울의 기쁨을 준다면
네 아버지를 네 곁에 오래 남겨두겠다."
소년은 술병을 더 꼬옥 끌어안으며

"당신의 이름은 무엇인가요?

아버지의 친구인가요?

아버지에게 뭐라고 말하죠?"

"나는 네 아버지의 오랜 친구

네 아버지는 나의 정령!"

소년은 더욱 손에 힘을 주어 술병을 끌어안고

뒷걸음질하다가

결국

대지의 뼈다귀에 걸려 넘어지고 만다.

술은 쏟아지고

대지는 팔을 흔들며

큰소리로 노래를 불러댄다.

소년은 조금 남은

술병을 안고

"안 돼요, 안 돼요, 더 이상은 안 돼요!" 하며

집으로 달리고 달렸다.

세상을 뒤집는 무서운 폭풍에도

쉬지 않고 달렸다.

전기철 시인 · 숭의여대 문예창작과 교수

2002년 《문학과의식》 젊은 작가상, 열린시학상, 경기도예술상 수상.
시집 『유씨 목공소』 외 2권, 저서 『시치료의 이론과 실제』,
문예진흥기금 2회 수혜
고려대학교 연구교수
poemksh@korea.ac.kr

유씨 목공소

자음과 모음에 톱질을 시작 했어

비명이 새어 나가지 않게

욕조에 1492 콜럼부스를 틀어놓고 등단해

ㄱ자로 ㄴ ㄷ ㄹ ㅁ ㅂ ㅅ 목젖에서 꿈틀거리는 ㅇ ㅈ ㅊ ㅋ 혀를 막고 ㅌ ㅍ ㅎ 닿소리를 열네 토막 내는 거야

저항하다 둔기 맞은 자음의 입 안에

고여 있던 구절이 흘러나와 바닥에 닿으면

한꺼번에 잘려나간 모음의 내장이 터질 것 같아

ㅏ ㅑ 하며 눈물짓는 받침을 ㅓ ㅕ 떼어낸

실밥 풀린 홀소리가 엎치락뒤치락

ㅗ ㅛ 것 봐 언어의 살갗에 붙어 있다

켜켜이 떨어지는 나뭇잎의 잔말들

자꾸 의문을 던지는 것 같아

지워진 기억조차 차례로 지워야 했어

나이테의 ㅜ ㅠ 빛깔만 그루터기로 남을 때 까지

연쇄로 쏟아지는 풍문을 대패질 하는 거야

어제 파 묻혔던 새벽이 삐걱 문을 열고 들어와

동강 난 음절로 절절하게 이슬 맺힌 어둠

헐렁해진 마지막* 가는, 문신을 ㅡ ㅣ 새겨 넣을 줄이야

얼굴 없는 어근을 못질하는 유씨의 목공소에

관절 빠진 몸시(肉詩) 한 그루 널브러져 있다지.

* 연쇄살인범 유영철의 시 제목

지퍼의 뼈

수동식 입은 닫힐 때 마다 생각한다
내가 말할 틈도 없이 네가 열리는지도 몰라
여백에 갇혀 있다 맥없이 풀어지는
은밀한 기호의 숨결을 머금고
양 방향으로 길들여진 행간과 행간 사이
숨겨진 꽃술 붉은 혀가 기어 나온다
사방으로 연결된 행간의 혈관을 핥아봐
견고한 문장은 표피를 걷어내고
욕망의 내장을 느린 속도로 보여주잖아
서로 반대 방향으로 닫혀있는 촉수를 밀고 당겨
이제 날 허물어지는 문맥에서 찾아
너의 오감으로 뜸드는 육감을 적서봐
스스로 열지 못하는 문자의 혓바늘로
자음과 모음이 맞물려 있는 압축된 가슴을 풀고
수백 개의 뼈로 관절 마디마디를 꺾어봐
이제 네가 들어올 깊은 바닷길이 열린다
가벼운 비명소리로 나를 열고나면

등골 빠진 몸은 버리는 거야.

후라이드 치킨

수의를 걸치기 전에 말이야
상처를 덮고 있던 깃털을 뽑아야 했어
목덜미에서 사타구니까지
부끄러움으로 치장한 순간순간을 남김없이 벗기는 거지
그것은 벗어버리려고 했던 그림자일 뿐
땅에서 길들여진 근육이 풀리고 있어
목 잘린 희망이 철창을 빠져나와
비로소 편하게 누워 있잖아
풀이 죽은 가슴살도 힘이 없던 다리살도 환하게 드러내고
살아서 입지 못하는 황홀한 옷 한 벌
저승 가는 길을 꼼꼼히 재단해
이제야 나를 위해 떳떳하게 나를 입어 보는 것
스스로 입지 못하는 생애의 끝 한 벌 입는 거야
매일같이 시작되는 하루를 내 손으로 갈아입지만
벗었던 세월만큼 주름진 길
그 길을 세상 밖에서 지우는 화려한 화장술
거울의 눈치를 살폈던 관절 마디를 섞어서

내가 안 보일 때까지 나를 반죽해줘

내 몸도 손댈 수 없을 때까지 후끈 달구어지면

이렇게 눈부신 뜨거움을 가지고 있을 줄이야

··권성훈

이제의 슬픔

이제를 본 적 있나요
이제는 지나가는 것일 뿐
이제가 오지 않아 이제를 볼 수 없어
이제 왔던 시간으로 돌아가는 이제를 말할수록
이제는 없고 이제만 남아 이제 이제 이제를
입버릇처럼 생각하지만요
이제만큼 쏟아지는 이제를 이제처럼 써
본적 없어서 이제를 쓰는 이제
이제야 이제를 보는 것 같아
간혹 이제가 구름 사이로 얼굴을 내
밀며 이제의 그림자 한 벌 벗어놓고 가잖아
알 것 같아요 이제를 빼고 나면
나의 이제는 목 쉰 허공처럼 비어버리죠
수 만개의 입에서 부풀어 오른 노란 풍선
이제 바람 빠진 수상해진 방에서 이제가 무엇을 할까
범춰진 이제의 밤에 문신을 새겨온 이
제인 인가요 길들이지 못한 지난 이제도 없고

다시 올 이제도 이제는 없겠지만 혹

시 한편 잠에서 깨어나 이제의 창문에 이제라고 쓰면

한참을 이제니라고 부를 것 같아 이제 눈

물도 종소리처럼 메말라 버릴 것 같아요

멍하니 이제 그만

이제의 알로 돌아가는 중이야

· · 권성훈

철수세미

철수세미는 사물을 읽는 몸이다.

철수가 손을 쓸 때 입을 여는 세미
거칠거칠한 손은 입보다 가볍게
얽히고설킨 입은 손보다 무겁게
철수세미의 익숙한 수화로
저녁에 붙은 반점을 닦아낸다.
꽉 다문 벙어리 저린 가슴에서
웅크린 윤기가 뽀드득 뽀드득 빠져 나온다.
궁금증의 뒤꿈치를 내려놓으며
소금기 빠진 밤이 달팽이처럼 지나간다.

발 디딜 틈 없이 비릿한 하수구에 들어찬다.

바람이 드나드는 맨 얼굴로
아미타불 빛나는 철수세미
능청스럽게도 너무 아프게 붙어있다.

2011년 계간 《문학과의식》 봄호 등단
목포문학관 어린이문학교실 강사
전남문인협회, 목포시문학회 회원

춤추는 풍선

'목포 기온 31도'

오후 2시 영어수업이 끝나고 수학학원을 가기 위해

딸아이를 차에 태우고 전자상가를 지나는데

사람모양의 노랑, 빨강풍선이 신나게 춤을 추고 있었다

"소현아, 노랑풍선과 빨강풍선 중에 누가 더 춤 잘 추냐?"

"노랑풍선이 더 많이 자빠지고 뒤집어지니까 노랑풍선이요"

질문 같지도 않은 질문에 속물 같은 내 속을 들켜 버린 것 같아 씁쓸한데

자빠지고 뒤집어진다는 말이 우스워서 웃었다

밤이 될 때까지 자빠지고 뒤집어진다는 말이 자꾸 따라 다닌다

살아간다는 것이 막막해서 매 순간 자빠지고 뒤집어지기를 수십 번

"애들아, 춤추는 풍선 말이야. 그거 너무 우습지 않니?"

말이 끝나기가 무섭게 두 녀석 춤추는 풍선이 된다

자빠지고 뒤집어지고 얼굴 표정을 일그러뜨리며 손가락까지 털면서,

아들은 바람 부는 방향에 따라 달라지는 풍선의 모습을 설명까지 해대며

딸아이는 이렇게 자빠지고 뒤집어져야 춤 잘 추는 풍선이라며,

내가 웃다가 너무 웃다가 배가 아프도록 웃다가 눈물까지 흘리니까

이 녀석들 엄마가 기뻐하는 줄 알고 더 신이 나서 풍선 흉내를 낸다

그런데 자꾸 웃다가 슬퍼지는 이유는 왜일까?

비 내리는 선창

비 내리는 선창은

젖은 눈물이기보다는

늦은 오후, 술에 취해 돌아온

아버지의 뜨거운 가슴 같은 것

비바람 치는 선상에서

아버지의 그늘을 생각해 본다

폭풍 같은 많은 날을 보내며

빗물처럼 우우우 울고 싶은 날 있었을까

꽃잎 같은 딸을 삼켜버린 바다를 바라보며

컥컥 목 놓아 울고 싶던 저린 날들조차

펼쳐놓고 뒤돌아보면 세상살이 다 아름다웠다

말하실 것 같은 아버지

지금도 가끔, 흔들리고 비틀거리고

두리번거리고 싶은 날 있으실까

유달산 자락 어딘가에서

술 취한 아버지의 뒷모습만

속수무책으로 바라보고 서 있던 나는

세월이 흐른 지금도 그때를 생각하면

가슴속 뜨거운 것들이 뭉클거리고

흐물흐물 비바람에 펄럭이는 깃발처럼

어딘가로 떠날 준비를 하시는

아버지의 모습이 보인다

달 팽 이

축수의 날을 세워
산란을 꿈꾸는 장마철
따스한 기운에
멀리 가면
돌아오지 못할 것 같아

달팽이는
날마다 내 안에
동그란 우주를 잉태한다

블라디보스톡, 엉겅퀴처럼

DBS 크루즈훼리* 선상에서
간간히 날아와 안부를 묻는 갈매기와
귓불을 스치는 귀걸이의 찰랑거림과
낯선 바람, 한줄기 빗방울과 함께 있다

아스라한 갑판 위에서 바람의 끝자락에 매달려
블라디보스톡 허름한 백화점에서 사온
등대처럼 빛나는 밤풍경이 찍혀진 엽서에
짧고도 떨리는 편지를 쓴다

동북아 한반도 작은 땅덩어리 남쪽 끝 목포
블라디보스톡처럼 바다에 둘러싸여
갯내음이 온 도시를 휘감는 정겨운 땅
남한의 종착점이며 시발점인 목포까지
20여 시간 배를 타고 6시간의 차를 타야 닿는 곳

어느새 안식처럼 보이던 섬들은 사라져

잿빛 하늘과 먹물 같은 바다만 보이고
눈 덮인 시베리아 너른 세상에서 불었던 바람처럼
그 무엇도 가질 수 없는 가난한 사람이 되어 있다

어떤 이는 목포항에서 동해항 일본항을 거쳐
또는 목포역에서 대전 서울 평양 신의주를 지나
긴긴 시베리아를 횡단하는 사람도 있었으리라
그 사람들 아직 고향에 돌아가지 못한 채
북녘 땅 어딘가를 떠돌며
블라디보스톡, 모스크바 머나먼 땅 끝에서
고향을 그리워하며 죽어가는 이 있었으리라

이 세상에 몸을 부리는 동안
낯선 이국땅에서 풀꽃 같은 씨앗 하나 마음에 심고
엉겅퀴처럼 고독하게 불꽃같이 살다 간 그들을 떠올리며
무엇을 위해 어떻게 죽을 것인가를 생각한다

* DBS 크루즈훼리는 동해를 중심으로 블라디보스톡(러시아)과 사카이미나토(일본)를 운항한다.

백련사 동백숲

작달비 종일 내린다
상처로 덧난 울음 끌고 들어선 동백숲
비틀거리는 마음은 오랜 시간 겨울이었다
침묵의 말들이 부풀어 허공을 떠돌다
커다란 눈덩이가 되어 마음을 짓눌렀고
내 방패는 너덜거리는 종잇장 같았다

동백은 지난겨울 폭설의 기억을,
뒤틀린 몸뚱이로 땅바닥에 힘줄을 세우며
살아가는 법을 말해주고 있었다
일제히 몸을 던져 아우성치고
통째로 떨어져 땅위에서 다시 피는
붉은 심장을 가진 뜨거운 생애

백련사 동백숲에서
종아리 걷어붙인 채 붉은 비 맞는다

* 전남 강진군 백련사 동백숲(천연기념물 제151호)

김 남 섭

남양주문인협회 이사
계간《문학과의식》으로 등단

외 갓 꽃

제 삶의 무게에 그만
누워버리는 것들이 있다

몸 밖으로 비어져 나온 심장
그 울혈이 벅차
눕지 못하고 그저 뻣뻣한 것들이 있다

잔바람에 누워버린 삶에도
꽃은 피고
잉걸불이 지펴지며

쓸쓸히 고상한 삶에도
술잔 속에 거꾸러지는 옛사람이
멍들어 있다

잠깐 햇살 아래
비구름 젖어오는 줄 알고

떠날 날 알고 있더라도
계속해서 꿈꿀 수 밖에 없는

하여, 눕기도
서기도

운명처럼 사랑하고,
살면서 사랑하고,
그리고 또 살아지는

별 하나 외로운
인적 드문 고샅길섶
외할머니 사랑하시던 고색(古色) 접시꽃

중 력

가슴이 답답하거나
터져버릴 것 같거나
무거워 서 있기조차 힘들다는 것

그건,
사랑, 그리움, 애절함?

단지 눈물 때문이다.
눈물조차 빠져나올 기력이 없는
그 무거운 눈물의 무게 때문이다.

아침마다 대파를 써는 남자

치욕과 분노가
밀려밀려 살아내다가
견딜 수 없을 때 쯤
고꾸라져 피를 토하는 여자

치욕도 살고, 분노도 살고,
여자도
산다

정욕과 시선이
밀려밀려 참아내다가
막다른 골목에 다다른 밤
지랄맞게 멀건 정액만 토한 남자

사랑도 죽고, 그리움도 죽고,
또, 또, 또,
남자도 죽었다

‥김남섭

헤모글로빈에 기생하는 눈물은
오늘도 붉은 몸 구석구석을
핥아가며 내 안에 산다

지긋지긋한 운명
떨치려 식칼 들고 손가락들을 내려치지만
아주 조금, 맑은 핏방울
눈가에 맴돌다 돌아간다

일단은
생리대부터 사 놓아야겠다

새 벽 연 가

잠 못 자고 흐르는
실개천이 걱정돼 곁을 지켜주고
싶었을 뿐이지
무거운 불면의 그림자로
기어나오는 것은 아닙니다

물 따라 못 가는
바위돌 안스러워 곁을 지켜주고
싶었을 뿐이지
아득한 두통의 어지럼으로
앉아 있는 건 아닙니다

봄은 아스라이 빠져 나갔는데
봄바람 그리운
한 편 시를 쓰고자 함은
더더욱,
절대 아닙니다

··김남섭

단지,

사랑하는 때문입니다

별을 사랑한 지구인

새벽하늘에서

지랄맞게

달빛이 듣습니다.

아련히 흩날리는 기억 속

마음에 내린 뿌리로

가끔 보시 하듯 들러

조금씩 조금씩 자라며

영혼을 잠식해가는 그대는

별빛입니다.

있는 듯 없는 듯

그대의 밤은 내 낮이 되고

오련한 빛으로 다가서는 그대의 낮은

카메라 셔터음의 길이로 다녀갑니다.

그믐만 닥쳐도 살아내기 힘든데

굳이 구름 뒤에 숨어서

날카로운 빗줄기를 던지시는 이유는

그 또한 너무 사랑하는 때문이랍니까.

‥김남섭

하늘의 선녀를 사랑한 죄로

평생 바라보아야만 하는

빗줄기에 아파야 하는

지구인은 오늘도 잠 못 듭니다.

《국방일보》에 시 당선(1981년) / 《문학과의식》 재등단(2006년)
기독문학상 수상(2009년) / 서전(西田) 문학상 수상(2001년)
시집 『서편(西便) 바다로 가는 강』

서편(西便) 바다로 가는 강

아랫녘 온역(瘟疫) 돈다는 말 풍문에 듣듯, 이 강물 흐르면 서편 바다에 닿는다는 말, 나 믿지 않았더니, 엊그제 찬 강물 위 둥둥 떠내려간 꽃이파리 가을 편편(片片), 오늘 밤 별이 되어 서늘한 하늘 한쪽에 떠 있어라, 경이롭고

어느 뉘 강물의 끝간 데 알아 이 밋밋한 강물의 흐름 속에, 다툼과 번뇌와 고리에 묶인 심곡(心曲)을 - 한 짐 실어 띄울 수 있으랴만, 사람들 혼백 스친 바람 저 먼저 설레어, 가자가자 - 서편 바다로 가자 속삭여 올 때, 꽃 다 진 가을 그림자 밟고 선 내 영혼 흐르지 못하고, 밤하늘 우러러 내 생의 뒷덜미 향해 돌아서 있구나, 이 밤

내가 꽃이파리 되어 흐르지 못한 이 강물의 끝에 선다 하여도 억만 겁(劫)인들 내 앞을 막아 놓고 가라 - 놓고 가라, 손 내밀어 어찌 하령할 수 있으랴, 참으로

맑은 밤하늘 별빛에 이끌리어 흐르는 저 강물 위에, 밤지

도록 출렁이는 내 마음속 흐르는 강줄기 하나 풀어 먼저 보내나니, 긴긴 흐름으로 흐르는 이 강물, 어디쯤 가서 발길 멈추랴.

사람아, 쉬어가자

서둘러 강물에 닿지 아니하고
한나절 돌돌돌 흐르는 개여울에 젖어
사람아, 쉬어가자

그렇게 가을빛 그리운 날
갈참나무 숲으로 와서 보라

물이끼 촘촘한 바위틈 타고 넘는
저 송사리 떼 혹은 낙엽 한 잎,
가을볕에 등허리 휘며 흐르는구나

이윽고, 저녁이 짙어오면
먼 윗녘, 상수리나무에 걸려 있던 아침 이슬

날도 쨍쨍한 어느 여름날
저수지에 몸을 던진 물총새의 물방울

지난 계절, 까맣게 숲을 태우던

매미소리도 한데 어울려

끼리끼리 한 몸 되어 흐르는구나

사람아, 쉬어 가자.

미루나무

눈꽃을 온몸에 두르고
언 발을 땅에 묻고
거기 서 있네 거기 그 자리

겨울이 수레를 끌고가는
얼어붙은 겨울 강
굽은 나귀길

지난 가을의
골진 주름에 씨알 여물던
붉은 수숫잎도 모두 시들어

밭두렁 속에 묻히는
그 길가에.

겨울 강가에서

저녁 강물에 산발(散髮)을 하고
저문 강물에 발목을 담근 채,
함께 걷는 것이
어디 미루나무 한 그루뿐이더냐

강물을 거슬러 흘러가는 멧새의 노래
겨울 가시나무 잎새에 걸린
바람의 끝자락도
그대 동무되어 흘러가려니

해짧은 겨울, 그대 마음이
총총대며 발걸음을 재촉할 때
가벼이 물 위에 누워
서편바다로 흘러가라

조용히 몸을 뉘고
눈 감으면

··김봉수

온몸에 차오르는 찬 강 물소리

먼 마을의
사립문 여는 소리가 들려오려니.

신세계(新世界)의 노래

- 혈관 속을 흐르던 미물들의 행진도 끝나고.

1

현미경 속에는 파란 신세계가 보여요. 파랗게 물든 신세계가 포물선 그으며 내보내는 빛살을 따라 굼실굼실 일어서며, 마침내 작은 물방울처럼 솟아 바다 위를 횡단해 가는 청색의 알갱이들이 또한 보여요.

저것들이 신세계를 더욱 파랗게 만들고, 내 눈을 아리도록 눈부시게 만들어요. 그러나 저것들의 궤적은 끊이지 않아요. 저것들은 더욱 가늘어져 하늘을 덮고, 하늘을 덮은 뒤에는 더 맑고 부드러운 청색들을 바다에 내리고 있어요.

학자(學者) 님. 지금 내가 보고 있는 신세계는 꿈 속에서 보던 원주민 -

아, 그들. 이 지구의 가장 싱싱한 바다에서 잡아올리는 열대어 비늘 촉감보다도 더 매끄러운 육감의 열대 나라, 뱃길로 꼭 열나흘을 가서야 만나던 이국의 첫경험보다도 더한 설

레임 되어, 내 가슴을 아주 붙들던 남국의 옛 도시 - 교회당 첨탐보다도 희고, 풀물 든 교회 뒷마당 활엽수 그늘에 누워서 보던, 그 파란 하늘 - 한 방울보다도 더 파랗습니다.

2

학자 님. 나는 떠나고 싶었습니다. 은은히 바다에 내리던 저 청색들의 후미진 곳으로.

아아 그러나, 그곳엔 또 다른 한 떼의 청색 알갱이들이 몰려오고 몰려가서 어느덧 푸른 산을 만들었군요.

저 산들은 언제쯤 파란 하늘과 만날 수 있을까요.

아직 미진하여 홀로 설 수 없는 저 산들의 끝 봉우리를 지금 나는 만질 수 없습니다.

밤이 되면 북극권의 무수한 성좌를 찾아 떠날 저 어린 산들의 행로를 아시는가요. 학자 님.

길길이 우람한 빙폭으로 가득한 설원의 극지를 찾아, 아무런 경험도 없이 흘러가는 저 산들의 행로에는, 오늘도 차가운 별들이 낮게 빛을 비추고, 아직도 어둠이 지배하는 내 족속들의 고향 - 툰드라(Tundra)의 얼어붙은 뻘밭을 스미어, 산들이 아직은 빙하의 꽃씨로 숨어 있던 때, 살아 있는 모든 것들의 뿌리에 산의 속살은 스며 줄기를 이루고 강을 이루어, 마침내 거대한 충적세의 지층을 열어, 한 아름의 미물들을 바다로 바다로 실어갔습니다.

한 마리의 미물마저 다 실어간 뒤, 산들은 머리 위에 한 별빛마다 하나씩의 꿈을 열고, 뱃전의 불을 켜 올리며, 아직은 닿을 수 없는 신세계의 문을 열었습니다.

3

학자 님. 지금 신세계의 파란 하늘에는, 파란 눈물 한 방울로는 달랠 수 없는 붉은 꽃들이 폭죽처럼 피어나고 있습니다. 하늘이 잠시 열린 틈새론 청색 바다가 다시 보이고, 저 바다와 닿는 땅의 끝 - 푸른 산들의 행로가 아직도 보입니다.

붉은 꽃들에 취해, 만지지 않아도 산들은 예리하게 솟아올라 온몸을 떨며, 죽어 있던 나의 혈관 흔들어 붉은 미물들을 흐르게 하고, 아득한 지심(地心) 그 끝으론, 쿵쿵쿵 뛰는 한 시대의 박동소리를 끝없이 보내고 있습니다.

아, 저것들이 쌓여질수록 신세계의 파란 하늘 위엔 자운영 붉은 꽃들이 흐드러지게 피어나고, 떠날 수 없었던 내 어둠의 나라 - 북극권의 맑은 하늘 위엔 무수한 별빛 돋아나고 있습니다.

학자 님. 저 어지러운 하늘 꽃밭을 휘저으며 한 움큼씩 뽑아내는 빛살을 따라, 가없는 바다 위를 스스로 유영해 가면, 아득히 먼 청색 바다를 떠도는 신천옹(Albatross)! 그 아련한 신비의 메시지를 정녕 만날 수 있을까요.

아아, 학자 님. 한 생의 아름다운 기억 - 그 첫 장 위에 저리 길고 가느다란 궤적을 그으며, 실낱 같은 뿌리에 흔연히 젖어 마침내 붉게 꽃망울 터뜨리는 청색의 알갱이 - 파란 신세계의 하늘에 첫 살을 대인 그 푸른 산들의 행로를, 나는 끝내 잊지 못합니다.

대구출생

2011《문학과의식》으로 등단

아버지의 건널목

주머니 속 핸드폰을 만지작거리며
건널목 신호가 바뀌기를 기다린다
넉 달째 체류 중인 아버지의 병세
누군가 골똘히 켜 놓은 저 신호등처럼
아버지의 임종도 어느 길목에서 대기 중일 것이다
요 며칠 전화기속에 살고 있는 올케
그녀의 목소리 너머로 공원의 은행잎이 흩날리는 걸 보며
내가 비우고 싶은 건
아버지의 삶일까 나의 불안일까
그러나 지금도 저 은행나무는 노랗게 쏟아놓은 유언 대신
몇 줌의 봄을 길어 올리고 있을 것이다
때론
알약 같은 바람을 흘려 넣으며
공백의 깊이로 텅 비워진 제 속에서
흘러가버린 기억 몇 알 헤아릴 것이다
그러나 문득
아무리 쿵쿵 짚어 봐도 밟히지 않는 뿌리의 계절을 떠올리며

알 수 없는 절망에 몸서리도 쳤을,

방문을 열자

이승의 몇 가닥 호흡으로 초저녁 쪽에 건널목을 내던 아버지

은행잎 같은 아버지

노랗게 눕고 있다

··김종애

어떤 소식

출가를 했다고 한다
온 몸으로 전이된 우울증 말기
마흔일곱 잘못 든 중년을 버리고서 산을 택했다고 한다
목적으로만 내달리는,
속도제한 없는 산업도로에서
상향등 불빛에 쫓겨 비켜 선 갓길에는
언제나 검은 바람이 불었고
어릴 적
죽은 누이의 푸른 얼굴에서 시작된 병증은
물 젖은 손수건처럼 호흡을 방해했을 것이다

어디엔가 벗어놓았을 허물 같은 시간들과
빈 칸으로 남겨둔 아내와 자식을
가슴 한 켠 울음으로 부패시키며
절집을 찾아 갔을 남자

이별은 삶을 우려내기 위해 끓이는 뜨거운 물과 같은 것

지금 어느 절 마당에서 하얀 깨달음을 쓸고 있을

남자의 싸리비 소리가 들릴 것 같은,

작설차 한 잔을 비우는 아침이다

〈명왕성에서 온 스팸메일〉에 실림

환 절 기

한 여자가
퇴행성 무릎이 삐걱거리는 계단을 내려온다
달마다 열렸던 몸은 닫힌 지 오래고
낡고 헤진 기침소리마다 들키는 행방
속임수가 불가능한 걸음걸이 위로
빈 나뭇가지 끝에 꿰진 하늘이 깊다
언제부턴가
벅찼던 바람들이 조금씩 가슴을 빠져나가고
질기게 남은 껍질의 날들에는
더 이상 호기심이 자라지 않았다
꽃 피워 본 나무만이 꽃 진 자리의 예후를 알듯
경칩 지나 내리는 폭설처럼
온 몸의 마디들은 저주파의 파장을 부르고
미래는
햇살 무료한 공원과 늘어나는 병원의 기록뿐이더라도
묵직한 약봉다리 버적거리며 걷는 벚꽃길
해마다 늙어가는 봄이

유난히 주춤거린다

희 망 퇴 직

줄이 돌아간다
허공을 가르며 돌아가는 줄
줄을 넘으려면 줄 속으로 뛰어들어야 한다
돌아가는 줄의 속도와 뛰어들어야 할 타이밍은
한 치의 오차 없이 계산되어야 한다
일정한 리듬으로 반복되는 잠깐씩의 공중부양
삶이 저렇듯
팽팽한 호흡일 때가 있었다
폭탄주와 모닝케어가 반복되던 날들이 있었고
자지러지는 자명종 같은 아침과
붉은 신호에도 과속을 일삼던 목표들이 있었다
하루는 길고 1년은 너무 짧던
줄 안에서 줄을 넘던 시간들
줄을 돌리는 이의 얼굴은 본 적은 없다
다만, 걸리면 끝이라는 걸 알고 있을 뿐
얽혀있는 세상의 줄들은
안전망이거나 덫이다

그 간발이 차이를

요실금 질금거리며 넘나들던,

줄넘기 끝내고 돌아오는 길

투망처럼 펼쳐진 햇살이

아직 높다

부활성야미사

갈치 한 토막 구워 식탁 차려놓고 미사에 갔다
비린내가 장난이 아니다
옆 사람에게 자꾸 신경이 쓰인다
깊게 가라앉은 성당 안
갈치 한 마리가 심해바다인 양 휘젓고 다닌다
그 미끈한 몸매와 오팔 빛 지느러미
간 데 없고
심한 비린내만 풍긴다
사진으로도 녹음으로도 흔적을 남기지 않는 냄새의 행방
심증은 있는데 물증이 없으니 시치미를 뗄 수는 있지만
좌불안석이다
내 기도 사이사이에 끼어들어 소망을 간섭하는 냄새
이러다간
주님께서 여러분과 함께-
또한 갈치와 함께- 할 수도 있겠다
냄새가 되어버린 나
내가 되어버린 갈치,

오늘 우리에게 일용할 양식이 되어 줄

'말씀'은 자꾸 빗나가고

지금쯤 남편의 반찬이 되고 있을

한 토막 갈치는

영성체 보다 단맛일 게다

1995년《문학과의식》으로 등단
신시학회 회원
공저『시간을 세척하며』,『도시의 자화상』,『내일의 이름을 묻는다』외 다수

기 도

고통으로 인해 깊어졌으며
슬픔으로 주님께 매달리려 높아졌으며
절망으로 이웃의 어깨가 그리워 넓어졌으며

깊어지고
높아지고
넓어진 삶의 동그라미가

이 모든 통증으로 인해 커져갔다면
우리 삶의 뿌리가 되어줬다면

아픔은 우리를
때리며
키우며
부축이며
또 하나의 축복처럼 다가왔다면
슬픔으로

아픔으로

절망으로

자꾸만 숙여지고

낮아지고

보드라워졌다면

그들이

내 또 하나의 삶의 향내였다면…

· ·박고을

미운 사람

내 인생 망쳤다고 원통했는데
그 사람 내 가슴에 숲을 만들었네

내 가슴 쑥대밭 되었다고
억울했는데 이제 보니
온갖 예쁜 곤충들 살고있었네

내 마음 당신 땜에 황무지 되었다고
가슴치며 울음을 삼켰었는데

어느 날 가시돋힌 선인장에
찬란한 꽃 한송이

그대 비웃음은 미소였나요
그대 쓴소리는 걱정이었나요

그 미움이 그 슬픔이 온기였단 말이지요.

미운사람 나쁜사람

··박고을

오! 고마운 사람

나풀대던 아련한 젊음의 색깔들이

이제는 시간의 각을 맞춘 마담사이즈

느슨한 정장이 어울리는 그런 나이 되었네.

드러날수록 아름답던 몸짓들이

감추며

길어지며

움츠러들며

몸도 가리고

마음도 가리고

그렇게 곰삭은 중년이 되어가네.

회색빛 노년지나 인생의 끝마름

내 인생 송두리 재단한

노란 장삼베

어릴적 꿈꾸던 푸른하늘

가장 화려한 날개옷에

내 영혼 휘감고 훨 훨

그 땐 가벼이 날아보리

또 한 세상으로,

‥박고을

옷에 대한 상념

내 인생 많은 옷들이 나를 입혀주고
또 나를 떠나갔네
아무것 모르던 베넷저고리
일곱 살 흰 토끼의 초록 쫄바지
새침때기 상큼하던 하얀 교복과
청바지에 빛나던 색색의 티셔츠들

나풀대던 아련한 젊음의 색깔들이
이제는 시간의 각을 맞춘 마담사이즈
느슨한 정장이 어울리는 그런 나이 되었네.

드러날수록 아름답던 몸짓들이
감추며
길어지며
움츠러들며
몸도 가리고
마음도 가리고

그렇게 곰삭은 중년이 되어가네.

회색빛 노년지나 인생의 끝마름
내 인생 송두리 재단한
노란 장삼베

어릴적 꿈꾸던 푸른하늘
가장 화려한 날개옷에
내 영혼 휘감고 훨 훨
그 땐 가벼이 날아보리

또 한 세상으로,

··박고을

들깨 수제비

뜨거운 맛
훌훌 넘기다
스무살 사랑처럼
혀 데이고

쫀득한 맛
우물우물
엉키는 서른 살의 엎치락뒤치락

추운 겨울, 밀 맛 제대로
젊음도 노년도 아닌
얻은 것도 잃은 것도 많은
쉰 살의 *아프로디테여

누군가 뚝뚝 떠 넣은
수제비 한 그릇 내 인생

더 건질 것이 있기는 하나

수저를 저어보고, 조금은 아쉬운

뜨겁고, 고소하고

지금쯤의 인생은 이렇더군

배부르게, 비어가는

그럭저럭 맛난

들깨수제비더군

*아프로디테 - 그리스 신화의 미와 사랑의 여신

1992년《문학과의식》으로 등단
한국문인협회 회원
《문학 에스프리》 발행인
시집『사랑과 혼숙하다』,『나는 술레가 되었다』

가을 편지

일상에서 손 털고
내가 아팠다

아무도 병문안 와주지 않는
가을 가만가만 지나가고 있다

간곡한 내 편지
엉거주춤 내 곁에 누워 있다

적막한 산자락
내게 오고 싶은
당신 마음 같아서

아프지 않을 때까지
내가 아프다

뭉게구름

정신 못 차리는 나는
생활에 보탬이 되는
시를 쓰지 못하고

구제불능인 나는
내 삶을 구원할
방법을 모르고

부끄러움을 모르는 나는
자위행위를 끝내 줄
사랑을 만나지 못하고

눈치도 없는 나는
자위가 자폐로 이전해
가는 것 모르고

아무것도 모르는 것만 있는 나는

··박세희

내가 타고 온 버스가
벽제행 영구차인 줄도 모르고

지금 저 굴뚝으로 치솟아 오르는
뭉게구름 같은 연기가
내 육신을 소각처리하는 것도
모르면서

레오나르도 다빈치라는 이층 카페에서
에스프레소 커피를 마시며
마알갛게 닦아놓은 통유리창으로
뭉게구름 한 덩이를 바라다본다

눈먼 자들의 도시

머리를 깍았다

陰毛도 깍았다

겨드랑이 털도 깍았다

눈먼 자들이 사는 도시에서

누가 눈이나 한번

깜짝하겠는가……만,

그래도 변신을 각오했다

이렇게라도 나의 삶에

예의를 갖추고 싶었다

눈이 먼 내가

어떤 목표를 정확하게

조준할 수 있겠는가……만,

눈을 뜨고 똑바로 쳐다보면

인생에 대한 모독이다

‥박세희

기대할 것도 없지만

잃어버릴 것도 없는

눈먼 자들이 사는 도시에서

나는 아직도

화려한 컴백을 꿈꾸는가

폭 설

세상의 모든 경계가 지워진다
세상의 모든 분별이 지워진다
세상의 모든 색깔이 지워진다

우리는 이제 통일이다
순백색 세상

세상의 모든 오해가 사라진다
세상의 모든 증오가 사라진다
세상의 모든 이론이 사라진다

우리는 이제 아는 것으로부터
자유로워진다

세상의 모든 남자가 죽어간다
세상의 모든 여자가 죽어간다
세상의 모든 섹스가 죽어간다

··박세희

남자가 죽고 여자가 죽고

섹스가 죽어가도 좋지만

오오, 하지만,안돼!

세상의 모든 사랑이 지워지면

피 리

물오른 버들가지 뚝 분질러
예리한 칼날 들이 대더라
바들바들 목숨 줄에 밑줄을 치더라

눈 딱 감고 오장육부 다 내 주고 나니
몸통이 빠져나간 자리 빈 공간으로
차오르더라 울화가 치밀어 오르더라

순진한 이들이 할 수 있는 것이
울음뿐이어서 울고 울었더라
나를 버리고 너를 버리고 그냥 울었더라

··박세희

전남 신안 도초 출생 / 목포고, 조선대학교 졸업
1995년 《문학과의식》으로 등단
시집 『떠도는 섬』 『섬 같은 산이 되어』
수필집 『설악에서 한라까지(상, 하)』 『백두가 한라에게』
산문집 『푸성귀 발전소』
pjg6288@hanmail.net

단 호 박

꼭지를 남기고 뚜껑을 따낸다
속을 파서 묵은 찌꺼기들을 꺼낸다
버려야 할 것들이 너무 많다
시기 질투 욕심 그리고 미움 저주
담아서는 안 될 몇 가지를 퍼낸다
그대로 둘 것은 몇 톨의 씨앗,
알량한 자존심만 남겨둔다.

무엇을 넣을까
찹쌀 한 줌에 밤 대추 은행
그리고 강낭콩과 느타리버섯까지
아니면 낙지 한 마리, 덤으로 전복도
아니야, 낙지보다 더 큰 문어를 넣자
욕심은 또 욕심을 낳는다.

무엇을 넣을까
생각 중,

시 한 편 넣을까

사십팔 년을 살고 떠난 친구의 삶을 넣을까

단호박을 앞에 놓고

무엇을 넣을까

지금도 고민 중.

‥박정구

그런 날 있을까

그리운 날 있을까
살면서 더러는 그런 날 있을까
흔들리지 않았던 날보다
흔들리면서 살아왔던 날이 더 많았던 삶,
그대가 흔들리면 나도 흔들리고
내가 흔들리면 그대도 흔들렸던 이 세상에서
흔들어도 흔들리지 않는 그런 날 있을까

그리운 날 있을까
살다보면 행여 그런 날 있을까
비가 오는 날이면 비에 흔들리고
바람 부는 날이면 바람에 흔들렸던 우리들 삶,
흔드는 자 있어 흔들리는 이 세상에서
이 비가 그치면 흔들림이 없을까
저 바람이 멈추면 흔들림도 사라지는 그런 날 있을까

대추나무

늙은 대추나무에 대추가 열렸다
가지마다 축축 늘어지며 옹골지게 열렸다
나이가 들수록 속이 꽉 차가는 대추나무를 보며
늙으면서 속이 텅 비어가는 울 엄니 생각이 났다.

정월 대보름날이면 어머니는
횟가루 포대에 싸서 두엄 속에 묻어둔
무쇠솥뚜껑보다 더 큰 홍어를 꺼내 와서 껍질을 벗겼다
집 마당에 덕석이 깔리고 질경이보다 더 푸른
초롱 잎을 뜯어다가 윷판을 그렸다
장독대 옆에 서 있는 깡마른 대추나무
아버지는 손가락 굵기의 가지 하나를 잘랐다
깍정이 윷은 그렇게 만들어졌다.

윷판이 돌았다
사기 종재기에 윷을 넣고 흔들어대는 모습도 가지각색이
었다

··박정구

윷을 뿌리자 윷들이 흩어지고 종재기는 허공을 날아다녔다
윷이 떨어지기도 전에 자기 무릎을 힘껏 때리며 모야, 외쳤지만
부른다고 도가 모가 될 리는 만무했다.

굵게 썬 찰진 홍어가 나오고
채에 막걸리를 부어 손으로 주물거린다
고구마로 담군 단맛이 나는 막걸리였다
울 아부지는 달다고 싫어했지만
쭈글쭈글한 대추는 막걸리에 취했다
내년 정월 대보름에도 대추나무는 가지 하나를 내줄 참이다
막걸리에 동동 띄울 대추도 퍼줄 참이다
아버지가 떠난 그 자리에 내가 들어가서
종재기 윷을 힘껏 던져볼 참이다.

숲길을 걸으며

숲길에
들어가 본 사람은 안다
걸어 본 사람은 안다

봄이 채 가기도 전에
여름은 여름을 부르고 무성하게 키웠던 희망
동굴 같은 터널을 지나면서 보았던
어둠속에서도 더욱 밝았던 얼굴들
그늘에서도 희망이란 걸 알았다
누군가 말해주지 않아도 속삭임으로 알았다

녹음이 짙어가고 떠나 갈쯤
이미 숲길은 만들어졌다
굽이지고 먼 길
오늘은 내가 걷고
내일은 누군가 걸으면서
먼 훗날, 이야기하리라

··박정구

숲이 희망이었다는 걸

숲이 우리들의 가슴이었다는 걸

숲길에

들어가서

걸어본 사람은 안다.

양푼밥

옛날에 먹었던 양푼밥을 먹는다
그때는 수저가 다섯 개
밥 위에 참기름을 넣자 저절로 스며드는 생각들
밥알은 제각각 술래들이다
콩나물 속에 숨기도 하고 고구마순 뒤에 감추기도 한다
어떤 밥알은 빨간 고춧가루에 제 몸을 비볐다
양푼 속 밥알에 쏟아지던 눈길
반짝반짝 빛이 나던 똘망똘망 눈망울이 열 개
비벼도 비벼도 비벼지지 않던 보리밥
막내는 투정을 부렸다
마당귀에서는 모깃불이 타오르고
멍석 위에 여름밤 별들이 무더기로 쏟아지면
침침한 어둠을 끌고 돌아오던 어머니
양푼밥을 먹다 말고 막내는 엄마, 하고 불렀다
머리에 둘러썼던 수건으로 툭툭 몸을 털었다
슬퍼할 틈도 없던 모진 나날들
어머니 몸에서 쏟아지던 푸른 별똥별은

··박정구

그 옛날 어머니 유일한 희망이었다.

양푼밥을 비빈다
옛날에 먹었던 식으로 달그락 달그락 비빈다.

배 평 호

서울예대 문예창작과 졸업
2011년 《문학과의식》으로 등단
poemwood@hanmail.net

푸른 저수지

무엇이 저처럼 오래 머물러
푸른 저수지가 될까
어떤 머묾이 저보다 아름다운 자세가 될 것인가
산을 돌아 나서는 개울들이나
흰 눈 쌓인 겨울 산을 내려 온 나뭇잎들이나
아침 일찍 마을을 돌아다니는
안개는 아니더라도
베란다에 나와 앉아
잠든 가족의 꿈자리를 지키거나
길을 돌아가고 오는 일상을 바라보거나
저 저수지의 밑바닥이 궁금한 내 시선 따위도
머무는 일 중 하나일텐데

머문다는 것은
때로 텃밭으로 오이며 고추며 옥수수가 자라고
온 종일 지나는 하늘을 투명하게 비추는 일
투망에 걸린 물고기처럼 달을 가두었다 놓아주는 일

혹은,

안개 자욱한 마을을 마시며

마음이 젖는 일

아이들이 무심히 던지는 돌에도

맑은 대답을 하는 일

삶에 무엇이

저처럼

오래 머물러

푸른 저수지가 될까

··배평호

월정사 가는 길

1

새벽 길, 오대산 월정사 전나무 숲 길. 비 젖은 붉은 단풍의 이마와 맞닿은 안개는 한참동안 흐릿하였고, 비포장 길은 발기한 몸을 천천히 드러냈다.

2

아무데나 가을이 왔지만 숲은 조용하고 나는 무례하지 않게 길을 갔다. 식물학자 이창복이 이름지은 젓나무는 상처난 전나무에 젖이 나온 데서 시작되었다. 돌이켜 보면 상처난 아내의 젖가슴을 문 적이 있었나. 찬바람에 꽃가루처럼 날아가 아내와 접붙으며 솔방울 맺은 밤이 있었나. 술 취한 기억마저 잃어버린 날들은 어느 새벽에서 길을 멈추었나. 나무구멍 속에 집을 짓고 싶다고 숲을 키우고 싶다고 내 안에 길을 만든 적이 있었나. 왜 내가 부르는 길은 도망을 갔나. 모두 도망을 갔나.

3

낯선 길, 한 때 그 길은 내게 생존이었다. 오래된 온실을 나온 길모퉁이 화초처럼 따뜻한 햇볕의 입자를 찾던 몸짓. 저녁도 지쳐 산을 넘어가지 못하고 허기진 발걸음이 끌고 온 밤들. 잠든 가족의 얼굴에 차가운 달빛이 다녀가는 길을 따라 찬밥 한 숟가락이 보험수당처럼 내 안에 떨어지던, 시절.

4

이 길에도 삶과 죽음의 무늬들이 밟히고, 뿌리로 모여 숲으로 살아가고, 이 시간에도 어딘가에서 꼬리치레도롱뇽은 물의 눈을 뜨고, 가운데 꽁지 깃이 빳빳한 쇠딱따구리는 나무를 붙잡고 구멍 속으로 부드러운 혀를 넣고 있는지 모른다.

5

월정사 가는 길.

보이지 않는 길은 보이는 길이 되고, 보이는 길은 보이지 않는 길로 이어지는 새벽 길.

안개가 밤새 지운 길을 아침이 새로 만들고 있다.

나와 장미와 꽃집 1

나는 장미를 사러 꽃집에 갔다
꽃집에 가서 장미를 나는 샀다

처음에 장미를 장미라고 말한 건 내가 아니다
처음에 꽃집을 꽃집이라고 말한 것도 내가 아니다

그러고 보면
처음부터 내가 내가 아닌 것도
이상할 게 없다

장미가 장미가 아니고
꽃집이 꽃집이 아니고
내가 내가 아니면
세상에 있는 그대로는 그대로가 아니다

꽃집이 나에게 가서 장미를 사고
장미가 꽃집에 가서 나를 사고

내가 장미에게 가서 꽃집을 사도

나와 장미와 꽃집에 간 것도
나와 장미와 꽃집을 산 것도
나와 장미와 꽃집이 아닌 것도
이상할 게 없다

그러고 보면
내가 말하는 것이나 말하지 않은 것이나
세상에 있는 그대로는 처음 그대로다

등

사람은 누구나 등이 있다
넓고 튼튼한 등
작고 부드러운 등
각이 진 등
굽은 등, 처럼
사람은 누구나
자신을 닮은 등이 있다
사람이 자라고
등이 자란다
사람은 그렇게
자신을 짊어지고 산다

사람의 등을 보면
그 사람을 알 수 있다
한번쯤 누군가에게 등을 내보인 사람이라면
등이 보이는 진실을 읽을 수도 있다

··배평호

사람은 등을 믿지 않는다

언제나 돌아서 떠나가는

다른 이의 등을 보며

그 때서 알게 될 뿐

세상이 등을 내보이는 거리만큼

내 등도 자랐다

지금도 등은

내가 살아가는

유일한 기록이다

숙 제

지난 주에 詩 가르치시는 선생님께서 숙제로 자기가 가장 이쁠 때가 언제였나 시를 써오라고 하셨다. 살면서 내가 이쁠 때도 있나 싶어 그냥 며칠 술이나 먹고 다니고 마음도 내버려 두었다가 숙제를 가져가는 날이 되어서야 선생님께 혼날 생각이 들어 아침 현관을 나서며 아내에게 "당신 생각에 내가 언제 이쁜 거 같아" 물으니 숨도 안쉬고 "이쁜 거 없어" 그런다. 그럼 그렇지. 오늘 숙제는 다 했다.

··배평호

1960년 경남 밀양 출생
2001년 《문학과의식》으로 등단
시집 『그 먼 길 어디쯤』 『오 벼락같은』

신혼 생활

퇴근 후 전철 손잡이에 매달려 제크의 콩 나무줄기를 타고 오르며 그리던 나의 그림은,

나무 잎사귀 촘촘한 사이로 햇살이 파고드는 남향의 스물네 평짜리
아파트 한 채,

그 안에서 박하사탕처럼 새콤달콤한 여자가 치즈 같이 말랑말랑한
손으로 집어주는,

체리를 씹다가 과즙이며 껍데기를 볼때기에 붙인 채 보라색 입술로 잠드는 일

김치 국물

조성은에게

그는 좀 허술해 보일 때가 있다.

김치 국물을 흰 셔츠 소매에다 묻히고 다니는 건 보통이며

바지에 단추를 채우지 않는 날도 허다하다.

심지어 잇새에 고춧가루를 묻히고도 큰 소리로 웃는다.

그건 그의 두상 상태가 남달라서인지도 모른다.

그의 두상은 공자님의 그것을 빼다 박은 듯한데

가끔 술자리에서 그의 구강에 엔진을 다는 날엔

우리는 그저 공자님의 어린 제자가 될 뿐이다.

우리의 생사여탈은 그의 아귀에 있음은 두말 하면 잔소리다.

내포 사람 특유의 걸쭉함에 느림의 미학을 더하고

가리고 가려서 아껴둔 머릿속의 먹물을 발사하는

그의 전매특허를 우리는 당해낼 재간이 따로 없기 때문이다.

우리가 뻣뻣해질 때 마다 고개를 숙이게 하는 김치 국물 같은

그의 매력 앞에 조용히 엎디어 고백 할 뿐이다.

나온 배를 내밀며 뒤뚱거리는 그에게 더욱 가까워지자고 말이다.

그가 단 한번도 모임에 빠진 적이 없을뿐더러

지각 또한 한 일이 없는 것만 보더라도

그가 얼마나 단단한 사람인가 가늠 할 수 있기 때문이다.

빈틈없이 곳간을 채우고도 짐짓 모자란 척 하는

그의 여유를 볼 때 마다 우리는

그를 진짜 공자님으로 착각하는 것이다.

논 물 대 기

왜 자꾸 이일은 안 잊히는지 몰라
석 달 열흘 비 구경을 못해
소금쟁이 물거미 미꾸라지도 숨어버리고
녹음방초 요란하던 논두렁조차 말라버린
용짐 등대* 사래 긴 우리 논을 지나
초등학교 이학년 때 학교 갔다 오는 길
봇도랑으로 물이 콸콸 흐르는 게 아닌가.
갈라진 논바닥 새들새들한 어린모들
땡볕에 꽁꽁 막혀 있는 물꼬를
얼굴이 벌겋게 익는 줄도 모르고 열어 놓고 집으로 왔는데

컴컴한 마루에서 식구들이 수제비를 훌쩍거리는 저녁
불쾌하신 아버지
안마당으로 발을 들여 넣기도 전에 이르시길
"낮에 등대 논에 누가 물 댔노"
수건을 벗어 탁탁 털며 못들은 척 마당으로 내려서는
어머니와 누나도 형도 모르는 얼굴

"학교 갔다 오다가 제가 했는데예" 흐려지는 말꼬리.

"섭이 니가 했나"

"니가 진짜 농사군 아들이다"

매캐한 모깃불 연기 속 아버지의 흡족한 얼굴

"벌금으로 내 막걸리 열 말을 내면 어떻노"

"내 논에 나락 빨리 커는 게 낫지"

아버지의 호기어린 목소리 뒤로

"막걸리 두말이 대수겠어요"

"이렇게 새끼 커가는 보람이 있는데"

조용조용 들리는 어머니 목소리에

가물가물 잠 속으로 빠지려는 순간

갑자기 별똥별이 한 아름 쏟아져 내리던

푸르고도 환한 밤.

*필자의 고향 동네 이름

실상사 2 *

헤매는 길 끝자락
빈 들 위
외딴 절

흙덩이에 비 스미듯
법고소리
온몸에 퍼지고

이마 흰
석등 앞
그림자 하나

먹물처럼
캄캄히
나를 물들이고

버릴 수 없는

긴 날들이

초롱을 켜면

옹이 패진

일주문 문턱에

고이는 인연

*전남 남원에 있는 절

혼자 부르는 노래 3

열두 개의 가방

짧고 긴 꿈 열두 개 꾸었어요.
안절부절한 꿈 열두 개였어요.
둥글었다 여윈 꿈 열두 개였어요.

열두 개의 초록 넥타이는 얌전했어요.
열두 개의 붉은 립스틱이 발광했어요.
열두 개의 노란 손수건이 외면했어요.

열두 개의 여름이 지나갔어요.
열두 개의 달빛이 피어났어요.
열두 개의 파문이 일어났어요.

별이 돋는 하늘 열두 개 보았어요.
꽃이 피는 햇살 열두 개 먹었어요.
神이 앉는 계단 열두 개 조용했어요.

··손제섭

1992년《문학과의식》으로 등단
시집『독자들이 좋아하는 용혜원 시』『함께 있으면 좋은 사람』등 70여권
현재 유머 자신감 연구원 원장, 세미나 강사

꿈만 같은 날

꿈만 같은 날이
어느 날 갑자기 찾아온다면
심장이 터질 듯한
기쁨에 얼마나 신나고 좋을까

꿈꾸고, 상상하고,
간절히 원하던 일들이
눈앞에 그림처럼 펼쳐진다면
살 재미가 톡톡 날 것 같다

아이마냥 좋아서 날뛰고
기뻐서 소리를 지르고
즐거워서 눈물이 펑펑 쏟아지고
미치도록 좋아할 것 같다

단 하루만이라도
온 세상이 떠나도록

폭소를 터트려도 좋을

꿈만 같은 날이

한순간에 찾아온다면

정말 아주 참 많이 좋겠다

· · 용혜원

추억 하나쯤은

추억 하나쯤은

꼬깃꼬깃 접어서

마음속 넣어둘 걸 그랬다

살다가 문득 생각이 나면

꾹꾹 눌러 참고 있던 것들을

살짝 다시 꺼내보고 풀어보고 싶다

목매달고 애원했던 것들도

세월이 지나가면

뭐 그리 대단한 것도 아니다

끊어지고 이어지고

이어지고 끊어지는 것이

인연인가보다

잊어보려고

말끔히 지워버렸는데
왜 다시 이어놓고 싶을까

그리움 탓에 서먹서먹하고
앙상해져 버린 마음
다시 따뜻하게 안아주고 싶다

나를 만들어준 것들

내 삶의 가난은 나를 새롭게 만들어주었습니다
배고픔은 살아야 할 이유를 알게 해주었고
나를 산산조각으로 만들어놓을 것 같았던
절망들은 도리어 일어서야 한다는 것을
일깨워주었습니다

힘들고 어려웠던 순간들 때문에
떨어지는 굵은 눈망울을 주먹으로 닦으며
내일을 향하여 최선을 다하며 살아야겠다는
다짐을 했을 때 용기가 가슴속에서 솟아났습니다

내 삶 속에서 사랑은 기쁨을 만들어 주었고
내일을 향해 걸어갈 수 있는 힘을 주었습니다
사람을 만나는 행복과 사람을 믿을 수 있고
기댈 수 있고 약속할 수 있고
기다려줄 수 있는 마음의 여유를 주었습니다

내 삶을 바라보며 환호하고

기뻐할 수 있는 순간들은

고난을 이겨냈을 때 만들어졌습니다

삶의 진정한 기쁨을 알게 되었습니다.

··용혜원

사랑한다는 말을 하고 싶을 때

내 심장에 사랑의 불이 켜지면
목 안 깊숙이 숨어있던
사랑한다는 말이 하고 싶어
입 안에 침이 자꾸만 고여든다

그대 마음의 기슭에 닿아서
사랑의 닻을 내려놓을 때
나는 외로움에서 벗어날 수 있다

내 가슴을 진동시키고
눈물겹도록 사랑해도 좋을
그대를 만났으니
사랑의 고백을 멈출 수가 없다

견디기 힘들었던 시간이 지나고 나면
속 태우던 가슴앓이 다 던져버리고
그대에게 사랑한다는 말을 할 때

내 슬픔은 끝날 것이다

외로웠던 만큼 열렬하게 사랑하며
무성하게 자랐던 고독의 잡초를 잘라버리고
사랑의 새순이 돋아 큰 나무가 될 때까지
그대를 사랑하겠다

· · 용혜원

멋있게 살아가는 법

나는야
세상을 멋있게
사는 법을 알았다네

꿈을 이루어가며 기뻐하고
마음을 나누며
만나는 사람들과
스쳐가는 모든 것을
소중하게 여기면 된다네

넓은 마음으로
용서하고 이해하며
진실한 사랑으로 함께해주며
욕심을 버리고
조금은 손해 본 듯 살아가면 된다네

나는 야

세상을 신나게

살아갈 수 있음을

알았다네

· · 용혜원

본명: 류선모 (柳善模), 아호: 은곡 (隱谷) 1939년 청주시 출생
경기대학교 인문대학장, 명예교수
콜럼비아대학교, 뉴욕대학교, 버클리대학교에서 연구.
미국소설학회 초대회장. 송파시문학동인회 회장
《문학과의식》으로 등단. 세계한인작가연합 연구위원. 해외동포재단 자문위원.
국제 펜클럽 한국본부 회원
저서: 『한국계 미국작가론』, 『미국 소수민족 작가론』, 『재외동포사총서제5권 (공저: 국사편찬위원회)』, 『영미 노벨문학 수상 작가론』, Understanding Korean American Literature (Toronto: Variety Crossing Press). 외 다수
시집(동인): 『소금꽃』, 『아름다운 계절』, 『송파나루에서 남한산성까지』
대한민국 황조근정훈장. 전국 우수도서상 수상

석촌 호수의 아침

호수가 노래한다
새벽 동틀 무렵
강변의 갈대처럼
조용히 귀 기울이면
안개 속에 몸을 숨긴 채
석촌호수가 노래하는 소리가 들린다

바람결에 피리소리 같이
길고도 은은한 장단에 맞춰
아침 안개가 천천히 일어나
승무의 춤을 춘다

동자승들이 깊은 잠에서
서로를 깨우듯이
안개가 안개를 걷으면
호수의 아침이
한꺼번에 일어나
밝은 미소를 짓는다.

흙의 사랑

흙에서 우리는 본다
자신을 헌신한다는 것
남을 용서하고
함께 산다는 것
흙의 품안에서
싹트는 생명들
흙에게 감사하는 듯
예쁜 꽃을 피어 낸다.

흙의 사랑
사랑의 텃밭
그 절실함이
새 천년을 살아가는
우리들에게
새벽의 적막을 깨는
山寺의 풍경소리처럼
잠자는 마음
깨워주기를 바랄 뿐.

‥유선모

백로(白露)의 청계산

찬 이슬 내리는 아침
따가운 햇살 맞으며
초가을을 맞이한다
성큼 다가온 가을
그 문턱에 선 白露

짝지어 걸어가는 등산객들
양손에 등산지팡이 잡고
청계산 정상 매봉을 바라보며
옥류봉에 오르니

수줍은 처녀가 총각 만난 듯
짓 푸른 나뭇잎들이
서로만의 눈빛으로
사랑의 밀어를 나누는데
그들의 속삭임 소리는
아무도 듣지 못하네

태양은 시샘하는 듯

따가운 햇살만 퍼붓고

바람은 눈치 채지 못 한채로

소리치며 스쳐 가는데

하늘에 높이 뜬 흰 구름은

무슨 생각을 하고 있을까

··유선모

산다는 것

산다는 것은 이따금
세월의 무상함속에
몸부림치며 헤엄치는 모습

산다는 것은 이따끔
하늘을 머리에 이고
햇볕만을 향해 달려가는 모습

산다는 것은 이따끔
컴퓨터 회로 따라 움직이듯
거대한 쓰나미 파도에 휩싸이는 모습

산다는 것은 이따끔
안개 속에 앞을 볼 수 없는 듯
마음의 창을 때리는 두들기는 모습

산다는 것은 이따끔

지옥에서 하늘로 탈출구 찾아
천당행 티켓을 사려고 아우성치는 모습

산다는 것은 이따끔
인간의 끝없는 탐욕 앞에
산천은 긴 한숨만 내뿜는 모습

산다는 것은 만물의 죽음 앞에서
나 자신은 살아있음을 확인하고
사랑을 깨닫는 한 순간인가요.

코스모스 꽃길

코스모스 꽃길 따라
동산에 오르니
문득 시골로 시집간
누님의 모습이 떠오른다.

꽃을 좋아하고
시골이 좋다던 누님
소식이 없어
그리움만 쌓인다.

마음의 편지를 구름위로 띄웠지만
아직도 회답은 오지안네
첩첩 산중 두메산골
누님은 지금 무얼하고 있을까?

밤이면 소쩍새 울음소리
서글퍼 잠 못 이루고

낮에는 원두막에 앉아
향수를 달랜다.

한 줄기 소낙비 지나간 후
농부들 손길 바빠지는데
엄마 찾는 송아지 울음소리만
허공 속으로 사라지는구나.

고려대 국어교육과 및 국문과 대학원 졸업. 시인, 소설가, 문학박사.
1998년《문학과의식》시 등단, 2007년《정신과표현》소설등단.
현재《문학과의식》편집위원.
시집『민통선 망둥어 낚시』『세상의 빈집』『포르노 배우 문상기』/ 소설집『파워 인터뷰』/ 평론집『침묵의 시와 소설의 수다』 저서『20세기의 한국 소설사』등.
westisland@naver.com

빗 살 무 늬 토 기

자기 인생에 처음으로
빗금을 칠 줄 알았던 사람

밋밋한 세상에 수없이
빗금을 그어댄 그 사람

자기 밥그릇에 빗금을 치며
웃었을 사람
쓸쓸한 그 사람

시집을 위한 레시피

장마통에 살짝 비가 그친 날 마당에 커다란 양은솥을 걸고 두 시간 동안 물에 담가 놓았던 손질한 개 다리 두 개 꼬리 하나 몸통 반을 넣고 다시 생강 1킬로그램을 넣고 1시간 정도 물을 끓인다. 한번 끓인 물을 쏟아내고 다시 물을 붓고 장작의 불을 돋군다. 이웃집 상현 씨가 가져다준 20센티미터 정도 되는 옻나무도 집어 넣다가 옻닭조차 먹어본 적이 없다는 사실을 떠올린다. 몸이 근질거린다. 겁이 좀 나지만 애써 태연한 척 한다. 냄새 제거를 위해 또 커피 한 스푼과 녹차 한 줌을 집어넣고 두껑을 닫는다. 흔적을 지우려 할수록 완전범죄는 어렵다. 물이 끓는 동안 나는 파라솔 밑에 다리를 꼬고 앉아 우아하게 권혁웅의 시집을 본다. 몇 편의 시를 뛰엄뛰엄 읽다가 맥주를 마신다. 맥주가 미적지근 할 때쯤 다시 시 한 편을 읽고 된장을 한 바가지 푼다. 고추장도 몇 숟가락 넣고 사온 북어도 한 마리 넣고 다시 장작의 불을 뒤적인다. 솥에서 된장물에 개가 끓는 동안 이웃집 개는 내내 침묵하고 나는 권혁웅의 시집과 박정대의 시집을 번갈아 뒤적이며 날씨가 후덥지근하다고 생각한다. 돌아보니 지난겨울에 죽은 줄 알았던 마당의 잔디가 다 살았다. 동네 고양이들이 주변 순찰을 착실하게 돌고 있다. 파리 몇 마리도 주변을 떠나지 않고 맴돌고 있다. 애도의 행렬인지 아닌지는 모르겠으나 죽음의 냄새에 민감한 놈들은 항상 있다. 후덥지근한 여름 나는 또 몇 편의 시와 서너 잔의 맥주를 마시다 광탄읍네 시장에서 사온 대파 두 단과 깻잎 한 상자 그리고 부추 한 단을 수돗가에서 차례로 다듬어 물에 헹군다. 뚜껑을 열어보니 개가 안에서 열심히 끓고 있다. 다시 박정대의 시집에서 권혁웅의 시집으로 왔다갔다 하다가 대파를 집어넣는다. 심상치 않은 하늘을 쳐다보며 개가 끓을 동안만 비가 내리지 않았으면 좋겠다는 생각을 한다. 권혁웅의 시는 소문들에서 야생동물보호구역으로 넘어가고 더 이상 시가 시 같지 않아도 좋다고 생각한다. 갑자기 체게바라도 개고기를 먹었는지 박정대를 만나면 물어보고 싶은 생각이 들고 무가당 담배클럽의 동인들은 커피에 설탕을 넣는 동시에 제명이 되는 건지 담배 피울 때만 그런 건지 궁금해진다. 솥 안에서는 개국이 끓고 있고 나는 다시 장작을 보충한다. 일찍 넣지 말라는 깻잎도 넣어보고 부추도 넣어보고 싶은 충동에 머뭇거린다. 나는 자꾸만 솥 안에 뭔가를 집어넣고 싶다. 망언을 일삼는 인간들의 주둥이를 집어넣고 싶고 염치없는 것들의 눈초리와 마파과 오장육부도 집어넣고 싶고 뻔뻔한 것들의 낯가죽도 넣어서 푹 삶고 싶다. 서로 다른 나무의 속살과 껍질이 타는 동안 누구네 집의 개는 솥 안에서 펄펄 끓고 더 이상 짖지 않는다. 개가 짖지 않는 동안 나는 파라솔 밑에 다리를 꼬고 앉아 고상하게 시집을 뒤적인다. 중요하지 않은 몇 통의 전화도 받는다. 학교에서 돌아온 아내가 그런 나를 동네 개 쳐다보듯이 쳐다본다. 첫째 아이도 둘째 아이도 나를 짐승처럼 쳐다보는 시간 오늘만은 술을 섞어마시지 않았으면 하는 소박한 바람으로 양은솥 위로 모락모락 피어나는 김을 바라본다. 흐린 염천에 개국을 끓이며 나는 파라솔 아래 흰 와이셔츠와 베바지를 입고 고상하게 앉아 몇 사람의 시집을 늘어놓고 읽는다. 빗방울이 조금 떨어지고 서울 어딘 가에선 소나기가 퍼붓고 있다는 소식도 전해진다. 동네 사람들이 나를 흘끔거리며 지나친다. 나를 보는 건지 개국이 끓고 있는 솥을 보는 건지 알 수 없다. 이상한 놈이 이사를 왔다고 생각하는지도 모른다. 개다리가 솥 안에서 녹아내리는 동안 나는 온몸이 녹아내리는 것도 같고 끈적거리는 것도 같아 샤워도 한번 하고 다시 냉장고에서 시원한 흑맥주를 꺼내 또 한 잔 마신다. 시도 한두 편 천천히 읽는다. 그러는 동안에도 솥 안에선 내내 개국이 끓고 있다. 잊고 있었다는 듯이 마지막으로 들깨가루와 부추를 집어넣는다. 드디어 커다란 양푼 위에 도마를 놓고 뼈밖에 남지 않은 다 늙은 아버지가 개다리에 무딘 칼질을 하고 보다 못한 아내가 달려들고 멀리서 형제들이 개념없이 제 각각 들이닥치고 술잔은 초장부터 계통 없이 돌기 시작한다. 지나가던 동네 사람들도 하나 둘씩 끼어들기 시작한다. 오늘은 또 누군가의 생일이고 제삿날일 것이고 어느덧 또 하루의 저녁이고 그런 대로 훌륭한 만찬이다. 동네 한가운데 마당 있는 집으로 이사 와서 나는 개까지 잡고 별짓을 다하게 된다고 생각한다. 다음엔 또 뭘 하게 될지 나도 모르겠다. 그러는 사이 복날은 간다. 아주 간다.

투수, 세상을 던지다

— 최동원(1958~2011)

피하면 최동원 아니다

굽혀도 최동원 아니다

매사에 정면승부다

정면승부하는 동안 전성기다

그가 평생 던진 건

141.7(-148.8)g짜리 공만이 아니다

둘레 22.9(-23.5)㎝짜리 야구공만이 아니다

그가 혼신의 힘을 다해 던진 건

어쩌면

시시하고 이기적인

쩨쩨한 이 세상이다

감독 아니다

코치 아니다

투수 최동원, 모든 걸 집어던진

‥이동재

그가 바로 그다

직구 최동원, 그가 그다.

민원인 홍길동

운전면허 갱신 기간이 지난 아내를 따라
벌칙금을 납부하러 파주 경찰서에 간 날
거기서 다시 그를 만났다
고소고발인 홍길동
민원인 홍길동
분실신고자 홍길동
사백 년째 민원인으로 혹은 그 대리인으로
그는 서류에 이름을 남기고 있었다
대출을 받으러 농협에 간 날은
거기서도 그를 만났다
원래 근본이 없는 인간이라 그런가
그는 수백 년째 그렇게 민원인으로
대출자로 고소고발자로
온갖 민형사 사건의 주인공으로
부동산 금융 기관의 단골 대출 고객으로
이름을 올려놓고 있었다
아직도 호부호형이 문제인지

빽 없고 돈 없고 힘 없는 사람들의 대명사로

그는 여전히 이름을 팔고 있었다

민원인 이름에 그를 지우고 잠시 여경의 눈치를 보다가

진시황, 이건희, 오바마, 전두환의 이름을 써본다, 써봤다.

상대가 놀란다

그렇게 겁박해봤다, 마음속으로.

통일동산 표류기

오르는 집값 전셋값에 쫓겨 왔을 뿐
통일의 전위도 뭣도 아니다
북이 가까우니 친북
서쪽 끝으로 몰렸으니 좌파
북 바로 밑이니 종북
친북 종북 좌파 그거 별 거 아니다
돈 없고 직업 없으면 순식간이다

··이동재

충남 전의 출생.
2012 《문학과의식》으로 등단
tangelbaum@hanmail.net

돌멩이

국도 옆 허름한 국수집 마당 한 켠
버드나무가 밑으로 자라고 있다
가지에 쓸리며 납작 엎드린 기억을 긁어모아
친친 감으며 단단해 지는 돌멩이 하나
몇 억년 잠 속에서 부화된 꿈의 부스러기였어요

새들은 꿈을 물어다
하늘에 묻는다지 밤이 되면 빛나는 까닭은
버려져도 썩지 않는 꿈들의 본성인거야
어둠처럼 한번쯤
환한 곳으로 밀린 잠을 자러가고 싶었던 적 있었지
벗어둔 신발 옆 납작 엎드려 있어도 되는지
생은 그렇게 공손한 일이라고
잠깐 기도 할 시간을 주실 수 있는지요
햇볕을 털어 널어놓은 빨랫줄 아래
바닥을 기던 꿈들이 빳빳하게 말라
하늘에 오를 때까지

땅을 받치고 있겠다는 단단한 약속

부려지는 일이 전부일수도 있는 떠나는 일이 전부일수도 있는 발에 채이는 일이 전부일수도 있는 낮은 숨으로 태어나 생을 시작하는 억울한 매듭들 한번 햇살에 비춰보면 꿈의 물컹한 가슴이 있다는 단단한 기록을 읽는 저녁, 지금 저마다 안으로 안부를 잠그고 지평에 기대 사는 등신불, 완곡어법으로 자라는 돌멩이가 있다

생각하는 사람

한 개 피 담배가 손가락 끝을
물고 있다고 생각해 본다

머리카락 끝이 생각에 타들어 가도록
너는 너무 진지하게 살아왔다고 반성하고 있다
생각하지 말아야 할 것에 대해 몰래
오래도록 생각했고
때론 넘지 말아야 할 생각을 넘었고
오른쪽으로 꺾인 화살표를 따라 걷다
오른쪽 길을 잃은 오후
꽃이 피는 열 가지 이유에 대해
꽃으로 피는 것들은 왜 아름다운지에 대해
산책길 위에서 더 이상 묻지 말아야 했다
아름답게 지기위해
땅속부터 붉어가고 있는
너를 위해 고개 숙이지 말아야 했다
꽃씨는 어딘가로 잘못 날아가기도 했다는

생각, 다시 지워야 하는 날이 많았다

잘못 날아가 미안하다고 붉게 울며

아름답게 손톱 위에 피었으므로

살아날까봐 겁이 났고 다시

죽을까봐 겁이 났던 나무에 목을 매던 매듭

봄을 따라 오른쪽으로 조금

왼쪽으로 조금 의자를 돌려 앉혀야 한다

생각이 앉아 있는 오늘이 불편하다

··이상은

시간을 덖다

구석으로 숨는다 옷깃 틈으로 머리카락 사이로
스멀스멀 가려움이 쪽잠을 밀어내면
늦은 밤 불을 켜고 앉아
톡톡 이를 잡아 먹는다
간음은 서서히 낮은 포복으로 울타리를 넘어 와
팔을 자르고 목을 자르고
다리를 시퍼런 눈알을 자르고
숨죽인 어둠까지 하나
심장을 불끈 쥐었다 내려 앉히며
반응도
거부도 없이 둥글게 말려가던
낮은 꿈들, 밤새 품고 있는
시간은 아다다다다 덖어지고
지금은 교신할 수 없는 고요가 폭발하고 있다
어둠속에
어둠처럼 서서
벌판이 되었던 사람은 안다

겨울 눈 내리는 장독대 위

여름의 재가 하얗게 쌓이는 시간

지금은 숨어있기 알맞은 때

갈 때까지 가보는 것이 우리의 유일한 공감대라면

아마, 마지막 역에서 우린 다시 만날 것 같다

··이상은

작명소를 훔치다

이렇게 만난 것도 인연인데요 씨가
비오는 밤거리 씨에게 쫓겨나던 날
운동화 끈이 풀렸다 어제 사왔던 한 웅큼
기억이 뽑혀져 나갔다
원형탈모증이 가득하던 거리였다
불 켜진 입속의 틈
간절히 버티고 있는
질경질경 씨
어금니 하나를 꽉 물고
지붕으로 오른다
버려진 것들이 모여 만든 둥근 허공
나를 훔치고 있다
내가 없다고 적었던 일기의 한 쪽이 사라졌다
어디까지 밀려간 것일까
밀려간 것들은 종종 강가로 가서 둑처럼 쌓였다
먼저 당도한, 한 때 무엇 무엇의 중심이었을
생각이 돌멩이를 철없이 강물에 던지고 있다

모래에 자꾸 맨발을 씻어내고 있다

등이 따끔거린다 굽은 등뼈하나가

골목을 빠져 나간다 속이 텅 비어있는

뒷모습이 둥글다 내 이름이 컴컴하다

빨갛게 지고 있는 이름 하나를 구해다 심는 지금

아직 뒤척이고 있는 뜬 눈 씨가

강물에 둥글게 세수를 하고 있다

클럽 위를 날다

가창오리가 군무를 추게 된 배경에 대해 조류학자는 이렇게 말했을 것이다 오리 한 마리의 공황장애에서 시작되었다고 숨을 죽이고 처음, 하늘의 문을 열었다 도둑 가시처럼 달라붙는, 붙었다 대책없이 방사되기도 하는, 찢어진 그림자들 아슬아슬한 퍼포먼스, 한 발짝 네 발짝 열 발짝 불안이 찍고 간 하늘, 채워지다가 순간, 무너지는 허공 나의 기타 등등이 눈 앞을 스치며 코 앞을 스치며 꼬리뼈를 스치며 만드는 착시의 확실한 불안 증세가 무리지어 춤을 추고 있다 한없이 하늘을 헛디디며 열외로 날아가고 있다

전철이 곧 도착할 때 한 발짝, 뒤로 물러서서 바라보게 되는 나의, 유리창에 갇힌 환형들 노트북 가방을 메고 계단을 오르는 나의, 약속된 전철 출구 번호를 재차 확인하는 전화기 너머 나의, 밖에는 비가 오는지 빗물보다 먼저 투명해지던 나의, 신도림역 뒷골목 막창처럼 질겨지던 나의 기타 등등이 불편한 오늘, 그리고 지금 깻잎처럼 소복이 담겨져 빗물을 털어내며 뺨을 꼬집어 보고 있는, 빽빽하게 빠져나오는

팩시밀리 속 갇힌 마른 나의, 한 철이 다가도록 딱 떨어지지 않는 무한수열의 기타 등등이, 밤햇살 사이키 조명아래 춤을 추고 있다.

1981년 3월 17일 서울 출생
서울 신학교 신학과 졸업
2011《문학과의식》으로 등단

무얼(木耳)*

기타의 맥락을 짚으니
손끝을 소시지 먹음직스럽게
칼집 내놓은 것 같았다

기타를 바닥에 눕히니
기타는 뉘어 놓는 게 아니라
세워 놓는 것이라고 하셨다

어째서? 라는 나의 반문에
나무의 재질이 벌어질 수 있단다

헌데, 棺은 왜 묻어 버리는 것인가

어떤 토대는 이렇게 현을 메달아
설움을 달래는데 말이지

棺은 일으켜 봐야 館도 되지 못한다.

한번은 울림통 속으로

피크가 투신해

그것을 꺼내려 거꾸로 들고

흔들어대니까 웬걸

항우울제가 튀어나왔다

저번에 놓친 파란색의 약물이

鬱林을 이루고 있던 것이다

나는 기꺼이 알 수 없는 감정을

알려 들려 하지 않고

소시지가 되기로 했다

흔적에 감겨

이대로 현존하고 싶었다.

* 꾸청의 아들

··이승리

용기(容器)

나는 내버려 두었다
책상에 녹아내린 얼굴을
무슨 말인가 하면
향정신성 약물이 든 비닐엔
친절하게도
내 이름과
약 이름과
복용시간까지 적혀있다
지난 새벽
서둘러 약을 꺼내먹고
비닐을 버리지 않은 채
잠이 들었던 것이다
공교롭게
물통과 나란히 놓여있던
비닐이 밤새 몸속을 빠져나온
수증기와 마주하면서
내 이름과

약 이름과

복용시간이

김 가루 같이 변해 책상에

딱 붙어있던 것이다

나는 닦아내지 않았다

간밤이 내려놓은 글자

내게 찢기고도 나를 놓지 않은,

내게 찢기고도 나를 감싸 안은,

··이승리

빈맥도 마법이다*

생각해보면
근 2년간 서울노선의 버스를 타본 것은
승훈이와 함께 있었을 때 뿐이었다

나는 이제 혼자 서울노선의 버스를 탈 수 있는 용기가
없다

해질 무렵, 승훈이와 무작정 버스에 올라 담소를 나누던
그 밤은
도발이며 하나의 마법이 되었다

마법이란 내게 있어 이와 같다

폐결핵을 앓는 와중에도 중사에
진급한 승훈이가 마법이고

이십대에 췌장암을 극복한

지원누나가 마법이다

그리고 오늘처럼
매미가 여름을 용접하는 날에도
시내버스 좌석에 앉아
친구끼리 연인끼리 가족끼리 또는 주민끼리
무엇의 소리인지 분간할 수 없을 만큼
소리가 오가는 것도 마법이다

그러니까
두 팔을 벌려 손잡이를 잡고
꼭 노예가 붙들려 있는 것처럼 서 있는 나도
그들에게 마법이다

아무도 나를 뭐라 하지 않았고
아무도 나에게 채찍을 가하지 않았는데

··이승리

이 정체불명의 빈맥은 마법이다

스스로 죄목을 부여하는 것.

스스로 손목을 결박하는 것.

스스로 가슴을 질책하는 것.

스스로 쓰러질 각오가 돼있다는 것.

스스로 죽음의 우연을 假裝한다는 것.

이 정체불명의 빈맥도 마법이다

- 애.증의 마법이다

* 빈맥 - 공황장애의 주된 증상

천사는 유부녀였다

평소에 나는
천사의 존재를 믿었지만
그 신앙의 바탕에는
천사가
中性 혹은
無性이라는
인식에서 비롯된 것이었다.

짐작하건대, 오늘
천사는 유부녀가 될 수도
있다는 것을 알아챘다

그러나 엄밀히 말하면
천사가 유부녀인 것이 아니라
천사가 지닌 날개가
유부녀였다

··이승리

바람이 일어도
동할 수 없는
유부녀 말이다

그러므로
평소에 나는
천사의 존재는 믿었지만
날개는 믿지 않았었다

하지만 사실 그것은
바람이 일어도
임의로 퍼덕일 수 없는
심장을 지닌 것뿐.

따라서
우리는 포옹하지 못했다.

나는 그저 보호 받았고.

태초에 잃어버린 그
갈빗대가 살아 움직이는 것을

처음으로 목격한 남자가 되었다.

날개를 접고 유유히 부유하던
역행의 동작을

으레 사랑한 셈이다-

이미 돌

바람이 불면 날아갈 것 같다는 사람들의 말에, 거기에 보태어 날아가면 안 되니까 주머니에 돌이라도 몇 개 넣고 다니라는 여자의 말에— 나는 가슴에 몇 개의 돌이 있는 것 같아 가끔은 사람도 여자도 아닌 하얀 形體가 와서 돌을 얹고 가더라. 정작, 가슴의 이런 돌들 때문에 바람이 불면 돌연히 날아가 버릴 것만 같아 그런데 사람도 여자도 그 돌을 알면서 돌을 치워주지 않더라. 아마 각자의 형편으로 눌린 돌이 존재할 테니까 — 그리하여 나는 오늘도 돌 같이 울고 돌 같이 눕더라. 삶은 지탱을 위한 돌인 반면 지탱을 위해 채이고 얹혀 — 돌이 되는 것을 자각하자마자.

강원도 횡성군 서원에서 출생
1994년《문학과의식》으로 등단
한국성서신학대학교와 한국방송대학교, 고려대학교 대학원 졸업
시집『내 자리 하나 있다면』,『나무와 아이들』,『별들이 처마밑에 내려와 쌓이고』,『그리움은 그리움으로 남고』,『붕어빵장수와 시인』,『슬픈 모국어』,『외로운 동거』,『몸 이별』 산문집『그대 안에 내가 있음이여』,『행복한 아이야 지혜롭게 세상을 배우거라』,『가정의 건축가인 아버지의 영성회복』,『우리엄마는 산에서 누워 놀아요』,『아름다운 바보의 세상보기』.
한국문인협회 / 한국시인협회 / 한국기독교문인협회 / 한국기독교시인협회 회원
흐름 동인.
cafe.daum.net/firstlovepogny
blog.naver.com/autom12

겨울 기도

앙상한 나무 가지에
바람군단이 진을 치고 적을 부르는 계절
우리 영혼의 힘은
마른 풀잎을 흔드는
가냘픈 몸짓에 불과했다

어서오라
그 풀뿌리 밑바닥에 호를 만들어 세우고
땅을 기며 오르며 핥으며
뚝뚝 떨어져 나뒹군 인간들의 의미 없는 아우성을
똑똑하게 경청하라

멀리 돌아온 이들과
한 발 내딛지 못한 채 한 해를 보낸 이들과
오늘은 쓴 커피나 마시자며 싸인을 보내는 바람
내 마음은 황량한 벌판 앙상한 나무 가지에 떨고 있다
눈물 없는 이 시대를 위해서 누가 울어 줄 것인가

겨울 기도는

고만고만한 이들이 발송한 들어줌의 전령이다

깨알같이 옮겨놓은 사연은

배꼽에서 유두까지 두터운 가죽을 열고 흐르는

폭포수 같은 응답의 물결 아직 우리는 무엇을 고하고 있다.

눈 내리는 강

삶에 지친 이들을 마중하면서도
불평 한마디 않던 강은
계절 내내 가슴을 치며 목말라했다
입 쩍쩍 벌려 흰 눈가루를 연신 받아먹는
모습을 보니
어머니 품에서 젖 먹던 아기 울음소리 들린다

먹다가 남겨진 흰 가루들을 새들이 쪼아 물고
겨울나무 가지에 올라 가객을 맞는 밤
성에 잔뜩 낀 카페 창 넘어 강물위로 힘없이 떠내려가는
인간의 미래를 본다
저토록 힘없이 풀어져 물인지 삶인지 분간하기 어려운
어두운 이 밤 불빛에 기대어 강물 속을 기웃거린다

많은 사람들이 잠을 도둑 맞은 이면도로
그 위로 불침번 없는 침묵의 밤이 흐르고
절명했던 가객의 역사를 담아낸 멜로디

그 시에 취해 술잔에 취해 귀가를 미루고

눈 내리는 강바닥을 유영하는 물고기와 입맞춤하며

지독한 삶 울먹이게 한 것들을 왈칵왈칵 토해낸다

저 메마른 강변에

눈 내리고 나는

그곳에서 겨울나무처럼 긴 울음 울다 돌아오겠지만

다 떠나보내고 남은 맨 바닥에

이름 하나 써 놓고 돌아 올 일이지만

눈 내리면 하얗게 일어날 내 생애의 조각보를 널어 말리테다.

··이충재

자 화 상

아무것도 하지 못하고
겨울나무 잎처럼 흔들리다가
세월만 축낸 버러지 되어 이 곳 저 곳 기웃거리던
마음만 안고 돌아왔네
부끄러워 못 살겠네

이렇게 하루는 저물고
일러야 할이랑은 저만치 맨 살을 드러내고 있을 뿐인데
때 이른 귀가길
버짐 잔득 오른 얼굴을 두 손으로 쓸며쓸며
나 돌아와 자리에 눕네 부끄러워 못 살겠네

무엇하나 신통한 일 해 놓은 것 없이
양식과 시간과 사람만 축내고 돌아와
서적을 뒤적일 뿐인데
사람들은 참 잘했다며 입술도장을 연신 찍어주며 반기니
부끄러워 정말 못 살겠네

먼 산은 바람 일렁이며 나를 부르는가

한 땐 산문을 열고 연신 나들곤 했는데

그것도 욕심의 일부라 생각하니 단단히 닫히고 말았네

일상의 옷 갈아입고 산에 안기마 길나선 내게 산은

비로소 문 열어주고 이제는 거뜬히 산 오르라 하네.

··이충재

새 옷을 입는다

지난 한 주
숲속에서 살았다
문명에 기대어 오며가며 자곤 했지만
영혼은 내내 숲 속에 움막을 짓고 지내온 것이다
손 전화 불통 지대에서 눈을 감고
오직 영혼으로만 대화를 하고 영의 양식만을 먹었다

알량한 외투
지금까지 입고 다닌 그 두터운 외식의 외투를 벗기까지
우리는 벙어리였다 소경 절름발이였다

실오라기 하나라도 남기지 않고 벗어 버린다
포도주에 빨아서 훌훌 들이 키고 돌아서서 부르는 노래
그것이 은혜이고 칭의이고 성화의 합창이다
백색의 영혼인줄로 알고 걸어 온 나른한 오후
경건주의 이빨 빠진 할베처럼 미소 짓곤 했는데
알고 보니 구름위에 집을 짓고 두려움에 떨고 있었던 것이다

이제는 알몸
영혼의 찬 겨울이 오기 전 어서 잠깨고 일어나
새 옷으로 갈아입는다

지난 주 내내 기거하던 숲을 떠나
숲 문을 살짝 열고 나선다
오매 단풍들었네
그분의 손으로 만들어 준비해 입혀 주신 채색 옷
이제는 그 옷으로만 갈아입고
그 분을 찬양하고 은혜의 강 이편에서 배를 기다릴 테다.

또 다른 양식

나이 들어가나 보다
밥보다도 더 귀하고 맛있는 양식하나
먼 추억 속의 사람을 향한 그리움이다
하나같이 밤 지새울 애인처럼 얼굴 빛난다

어쩌다 만나면
주고받은 입맞춤 인사 하나 없는데도
좋아 어쩔 줄 모르는 것을 보면
가난이 서로를 꽁꽁 묶어 준 모양이다

꽃잎 지고
바람이 불어와 작은 상처 하나 툭 건드리기만 해도
왜 이렇게 마음 비워 중심을 잃게 하는지
알고 보면 새 것 보다 옛 것이 정이 든 까닭이다

나이 들어가나 보다
그리움이 한 번 찾아오면

이토록 일이 손에 잡히지 않고

텃밭에 나가 우시기만 했던 할머니처럼 엉엉 울고 싶다.

경남 진주 출생 / 경남대학교 국어교육과 졸업
2012년《문학과의식》등단
2013년《강원일보》신춘문예 당선
jungwal@hanmail.net

적도 없이

사람들은 놀라워하지
아직도 스마트폰이 아니라는 것에 대해
아직도 018로 시작하는 것에 대해,

018은 외롭고
018은 고집스럽고
018은 촌스럽고
018은 게으르고
018은 무식하고
018은 반항적이야

아직 멀쩡한 018을 버리다니 말도 안 돼
새 애인이 생겼다고 옛 애인을 버릴 순 없잖아
여러 가지 기능이 다양한 것도 싫어
안 그래도 머리가 아픈데 기계까지
복잡한 건 용서할 수 없어
나는 단순한 것들이 좋아

휴식을 주는 것들이 좋아

머리는 나쁠수록 좋고

디자인은 촌스러울수록 정겨워

사람들은 점점 세련되고 화려한 것들을 좋아하지

나는 손때가 묻은 것들이 좋아

유행이 지난 것들이 좋아

나는 좀 덜 떨어진 인간

진화가 덜 된 원시인

그거 아니?

내가 지금

별 것도 아닌 것에 반항하고

적도 없이 싸우고 있다는 거,

··정선희

스릴 만점의,

방 한 칸의 집이 있었네 밤송이처럼 지붕에 풀이 자라고 그 옆으로 물이 흐르는 작은 집이었네 물레방아가 도는 정자 한 채도 거느린 단정한 집이었네 작아도 갖출 건 다 갖춘 품격 있는 집이었네 저 곳에서 하룻밤 묵어가고 싶어 말보다 손이 먼저 문고리를 잡아 당겼는데 관 하나로 가득 찬 방이었네 아니 방 안 가득 관이 누워 있었네 무엇에 떠밀리듯 관 속에 누웠네 팔은 차렷! 자세로 겨드랑이에 딱 붙였네 나는 시체처럼 몸이 뻣뻣해지는 것을 느꼈네 누군가 관 뚜껑을 닫았네 나는 숨을 어떻게 쉬어야 할지 몰라 헉헉거렸네 정신 차려! 이건 장난이야! 그러나 장난이 아니었네 정신없이 문을 두드렸네 조금만 늦었어도 제풀에 혀를 깨무는 방 한 칸의 집이 있었네 작아도 작지 않은, 10분 만에 저승 문턱까지 갔다 올 수 있는 스릴 만점의, 무시무시한 집이었네

후두암 4기 아버지

아버지 오래 전에 불사른
성경책을 펼치네
살 수만 있다면 하나님과도
화해하겠다는 아버지
성경책을 펼치네

20년 전에 불사른 성경책이
혀를 날름거리네
무슨 말인가 하려고 달려드네
입이 있어도 말을 할 수 없는 아버지
손으로 말을 하네
눈으로 말을 하네
주여! 저의 죄를 용서해주소서

어머니를 예수쟁이라 욕하고
일요일마다 두들겨 팬 아버지
성경책을 찢고

··정선희

성경책을 불사른 아버지

마지막 3개월만 믿으면
모든 죄가 청산이 될까

뻔뻔스러운 아버지
염치가 없는 아버지
막판 뒤집기로 천국행을 꼭 타겠다고
앞사람을 밀치고 줄을 서는데,

하나님! 이래도 되는 겁니까?

목이 긴 새

대학에 갓 입학했을 때 여자 선배가 칠판에 ?를 그렸지 물음표 하나로 칠판이 가득 찼지 그날 나는 물음표를 처음 본 듯 가슴이 벅찼지 물음표는 출발점에서 신호를 기다리는 마라톤 선수, 실루엣만 남기고 사라진 로댕, 생각이 많아 머리가 자란 가분수, 기다림에 지쳐 귀가 자란 그리움, 입질을 기다리는 낚시 바늘, 그 여자 선배 얼굴은 기억나지 않아 그런데 니코틴이 낀 누런 이빨과 데일 것같이 뜨거운 목소리는 아직도 싱싱해, 지금까지 학교에서 배운 모든 지식에 반항을 하듯 그녀는 칠판에 점을 꾹,꾹, 찍었지 그 순간 도장찍듯 물음표가 내 머릿속으로 들어왔어 나는 코흘리개 가슴에 손수건을 다는 것처럼 물음표를 받아들였지 나는 순진하게 낚이고 말았어 내 머릿속에는 아직도 물음표가 살고 있어 엑스레이를 찍으면 목이 긴 새가 나를 빤히 쳐다봐 그리고 기다렸다는 듯이 질문을 던지지. 왜?

··정선희

초록! 뺑튀기

초록! 하고 발음해 봐
황새처럼 다리가 길어지고
마음이 럭비공처럼 튀어 올라

오월은 초록을 뺑튀기하는 계절
로코코 시대의 여자들처럼
엉덩이를 최대한 부풀려서 찰칵!

초록이 물구나무 선 거 보이니?
초록의 얼굴은 땅 속에 있지
초록과 이야기를 나누고 싶다면
허리를 굽히는 게 좋아
눈높이를 맞추면 더욱 좋지

이사를 가는 나무를 본 적 있니?
동그랗게 비닐을 싼 부분이 얼굴이야
가리는 것은 전부 얼굴이지

화장을 하는 것은 온통 얼굴이야

물구나무를 서면 더 잘 보이는 세상이 있니?

거꾸로 보는 세상이 더 근사하니?

빨리 가고 싶다면 가만히 있는 게 좋아

날고 싶다면 거꾸로가 좋아

초록! 하고 발음해 봐

따지 않은 감홍시를 먹고

용수철처럼 튀어오르는 참새가 보이니?

힘껏 당겼다가 놓아버린 고무줄 탄력으로

최대한 멀리 날아가서

철퍼덕!

초록을 갈기고 싶지 않니?

··정선희

단국대 디자인대학원 동양화전공 / 동양화가
2012년 《문학과의식》으로 등단
한국미술협회 자문위원

한개 민속마을

군불 지핀 아랫목이 따뜻하다
여행길에 지친 몸을 뎁혀준다

까치 노래 소리마저
품속으로 파고드는 늦가을
한개 민속마을 진사댁에서
맞이하는 아침

햇살이문살사이로 들어와
무릅 위에 내려앉았다
툇마루 돌 위에
내 등산화도 쉬고있다

해를 품고 활짝
기지개를 펴 본다

안채의 기품 어린 기와지붕과

내가 머문 초가지붕의

사랑채가 서로 속삭이며

다정하다

등이 따뜻하다.

밤 하늘에 희망을 쓰며

창 문을 열어 놓을께요
잰 걸음으로 오세요
두 팔 벌려 맞이 할께요

내 심장이 갈망하는
작은 소망 들으시고
거센 비 바람에도 흔들리지않는
뿌리깊은 나무로 세워주세요

예쁘게 핀 꽃을 보며
좋은 생각만 하듯이
그 속에 머무는 아름다운 삶 되게
해주시기를 열망할 거예요

늦은 이 밤 지나면
여명이 오듯이
밝은 햇살 속에서

희망을 키우며

살아가게 하여 주세요.

일상을 떠나

잠시 일상을 떠나

강화 들길을 걸었다

세월의 무게만큼

황금 벌판을 이루며 익어가는

벼처럼

내 꿈도 영글어가길 기원하면서

갯벌의 뻘게는

두 발을 쉼없이 움직여

먹이를 찾고

망둥어는

뛰어 올라야 사는가보다

끝없이펼쳐진

갈대숲

사그락 사그락

바람을 붙잡고

들풀과 들꽃도
제모습을 보아 달라고
나의 눈길을 잡아 끈다

초연히 내 딛는 나의 길은
붓 한 자루 움켜 쥐어야 하는 일
자연을 그리며
자연을 노래하며
자연과 하나가 되어야 한다고
더욱 다짐한 하루였다.

미 루 나 무

손사레로 흔드는 잎들의
사위가 정겹다
쭉쭉뻗은 가지가
하늘까지 오르고 싶은가보다

고향 신작로가에
나란히 서 있었던 미루나무도
이젠 나 처럼 늙어가겠지

소 달구지 덜컹거리던 소리도 듣고
분진같은 흙 먼지도 고스란히 맞으며
그 자리를 지키던 미루나무

지금도 미루나무는 남아
고향을 지키고 있을까
고향을 떠났던 친구들 모습이
저만치 보이면

잘 왔다고 손을 흔들고

잘 가라고 손을 흔들며

그 자리를 지킬까.

··최봉희

오월의 선운사

햇살도 눈부신 논 두렁에
붉은 자운영꽃 눈이 시리고
바람결에 흔들리는 청보리 하늘,참 푸르다

고적한 선운사
뒤뜰의 동백 꽃마울 아직 이른데
서정주 시인의 걸죽한 육자배기 한 가락
어디선가 들려올 것만 같다

주막집은 어디쯤 있을까
들려오는 냇물 소리도 청아한
도솔암 오르는 길

나뭇잎 사이사이로
미끄럼 타고 내려오는
하얀 맨발의 오월 햇살, 참 명랑하다

충북 충주 출생
2010년《문학과의식》으로 등단
2010년 충북문화재단 문학창작기금 수혜
2011년 제4회 황금찬문학상 수상
시집『밤에 온 편지』『기다림으로 따스했던 우리는 가고』『아침 6시 45분』
chdkij68@korea.kr

흔들리는 그림자

그는 끝끝내 멈추는 법을 모른다

온종일 서 있는
키가 큰 느티나무 한 그루

바람이 조금 불자
느티나무 바닥에 엷은 그림자가
찰랑찰랑, 왔다갔다, 한다
좀처럼 제자리에 있지 못하고
흔들흔들 움직이는 저 그림자의 삶,
태양이 푹, 꺼질 때까지
바람이 그칠 때까지
그의 몸은 철저하게 흔들릴 것이다
흔들리면서
세상 고요의 틈 사이로
썰물처럼 빠져나갈 것이다

거리엔 지나가는 사람 하나도 없고
시간은 들판으로 또르르 또르르 굴러가다가
잎 푸른 저녁으로 가고 있다

그림자가 흔들리는 느티나무 바닥에
기억의 조각들은 푸르게 왱왱거리고
저녁으로 가는 길은 환하기만 하고

소리들의 합창곡

내 안의 소리들이 우두둑 쏟아지는
쏟아지면서
서로 부딪히고 흔들리고
때로는 기억 저쪽으로 모래알처럼 흩어지는
짤막한 오후

오후의 그 길 위
나는 무언가에 끌려가고 있다

살아 꿈틀거리는 것들은
세월 어디쯤에서 모두 걸어 나와
슬픔의, 기쁨의
때로는 불면의 눈물이 되어 흐르는데

결국,
내가 가 닿고자 한 곳은

가끔은 나뭇잎이 떨어져 몸은 그늘이 초저녁으로 저물어 가는

세상 환한 날 먼 데서 온 바람이 잠시 머물다 가는

푸른 내일을 보기 위하여 찬물로 눈알을 씻는

뿌연 먼지가 흩날려도 햇살이 온종일 내려오는

사랑이 떠난 후에도 한참 동안 그 사랑을 바라볼 수 있는

그리하여

내 안의 소리들이 마구마구 흔들리는 곳임을

··최해돈

흙

나는 너를 알고자
너는 나를 알고자

평생을 우리는
흙이 되고자 하였다

하루가 하루를 보내기 위해서는
하루가 하루를 견디기 위해서는

허공에

흙의 마음을
흙의 씨앗을

좀 더 뿌려야 하리

먼 먼 옛날부터

세상 곳곳에 뿌리박혀 살이 되고 뼈가 된

흙,

그 흙 앞에

경배의 무릎을 꿇는다

사람들 속에 살다

언제부터인가
나는
사람들 사이에 둘러싸여 깊어가는 것 같다

이발소 오씨 아저씨, 컴퓨터세탁소 김씨 아저씨, 동사무소 옆 빵집 윤 사장님, 아파트 옆 동네슈퍼 원씨 아줌마, 문구점 이 사장님, 정육점 박 사장님, 목욕탕 김씨 아저씨, 이비인후과 안 박사님, 김밥집 이 사장님, 치과 김 원장님, 약국 박 선생님, 안경원 최 사장님, 등등

그들 속에 내가 있고
나는 그들 속에 있다

따져보면, 나는 홀로 있는 것 같지만

사람들 속에 내가 있고
나는 사람들 속에 있다

플라타너스

플라타너스는 나이가 없다
설령 나이가 있다 하여도 실제 나이가 아닐 것이다
나는 가끔 그의 숨결을 흘림체로 읽는다
그를 볼 때마다 나는 거꾸로 조금씩 젊어져간다
사람들이 세상을 살아간다는, 그 준엄한 무게는
플라타너스를 보면 잘 알 수 있다
그는 죽은 듯 정지한 채로 서 있는 것 같지만
그의 손과 발은 미풍에도 달달 떨린다
떨리는 모습이 마치 멸치떼의 외출 같다
플라타너스가 하루하루 살아간다는 건
괴로움을 잘 견디고 희망을 가슴에 키운다는 뜻일 것이다
그는 한여름의 뜨거움도 잊고 다만 깊어간다
깊어가면서 잎 넓은 그늘을 만든다
사람들은 그늘서 휴식을 취하다가 세상에 나아가
희망과 사랑을 토닥거리다가, 먼 미래를 그려보다가
다시 플라타너스 그늘로 돌아오는 걸 보면 잘 알 수 있다
사람들이 긴 수평선을 걸어간다는 건

··최해돈

무언가 깨닫고자 하는 몸부림일 것이다

어느 늦은 가을날

떨어지는 플라타너스 잎을 보며 사람들은

조금씩 늙어가며 겸손을 배운다

그리고 한 장 한 장 낙엽을 밟으면서

지난 삶의 흔적을 모아 성城을 쌓기도 한다

생을 다하여 자신을 활활 태우는 플라타너스

플라타너스는 죽지 않는다, 늘 팽팽하다

꽃이 피다

문학과의식 편집부 엮음
발행인 _노승택
발행처 _도서출판 다트앤
제1판 1쇄 펴낸날 _2013년 1월 3일

서울시 종로구 익선동 34, 비즈웰 오피스텔 621호
TEL 02 582 3696 FAX 02 522 2185
출판등록 1998년 9월 15일 제22-1421호

값 10,000원

ISBN 978-89-6070-095-6 *03810